Cecilia Barra
marzo/2001

PARA ESTAR EN EL MUNDO

La mamá

Un sueño hecho realidad

El día siguiente

El día siguiente

La mamá
Un sueño hecho realidad

Brendan O'Carroll

OCÉANO | MAEVA |

EDITOR: Rogelio Carvajal Dávila

LA MAMÁ
Un sueño hecho realidad

Título original: THE MAMMY

Tradujo ALEJANDRO PAREJA de la edición original

Revisó la traducción Trudi Kiebala

La versión en español de este texto fue posible gracias
a una ayuda económica para la traducción de la Ireland
Literature Exchange

© Brendan O'Carroll

D. R. © MAEVA EDICIONES
        Benito Castro 6, Madrid 28028

D. R. © EDITORIAL OCEANO DE MÉXICO, S.A. de C.V.
        Eugenio Sue 59, Colonia Chapultepec Polanco
        Miguel Hidalgo, Código Postal 11560, México, D.F.
        ☎ 5282 0082   📠 5282 1944

PRIMERA EDICIÓN

ISBN 970-651-427-9

IMPRESO EN MÉXICO / PRINTED IN MEXICO

Este libro está dedicado a
Gerry Browne
un hombre al que aprecio y que me aprecia.

Brendan, sé fiel a ti mismo y lo demás ya llegará.

Doreen O'Carroll

NOTA DEL AUTOR

Las mayores influencias que he tenido en mi vida han sido femeninas. Pasó así, sin más.

Mi madre, Maureen, se retiró de la política cuando yo sólo tenía cinco años. Era socialista; era por entonces, que yo sepa, el único miembro del parlamento irlandés que residía en una vivienda subvencionada por el municipio. Desde su retiro, yo gocé de la atención completa y del amor de una mujer genial. Me dijo que yo podía ser lo que quisiera, y yo le creí y me crié con una confianza inquebrantable en mí mismo. Mi padre murió cuando yo tenía nueve años. Ella llenó admirablemente el vacío.

Tengo cinco hermanas: Maureen, Pat, Martha, Fiona y Eilis. Todas ellas dejaron los estudios a los catorce años. Hoy todas han alcanzado el éxito en la vida, y el orgullo que siento por ellas es infinito, pues lo consiguieron a pesar de tener en contra las probabilidades.

Tuve la suerte de nacer en Finglas, en Dublín, un lugar donde abundan las mujeres fuertes. Lo que aprendí de los vecinos y de los amigos me ha enseñado bien lo que quería decir mi madre cuando decía: "Es más importante la valía de una persona que el monto de sus posesiones".

En 1977 tomé por esposa a una de estas mujeres fuertes de Finglas: Doreen Dowdall se convirtió en Doreen O'Carroll. Hasta la fecha me inspira su fuerza de voluntad, me aporta humildad su amabilidad y me suele impresionar el amor que nos tiene a mí y a nuestros tres hijos. Mi compañero y amigo Gerry Browne también tiene por esposa a una mujer de Finglas, Colette. Nunca olvidamos la suerte que tenemos.

En las páginas de este libro, el primero que presento, se encuentra el relato de una mujer como éstas, Agnes Browne. Espero que su lectura aporte a los lectores tanto placer como me aportó a mí el escribirlo.

Me gustaría aprovechar esta oportunidad para agradecer a las siguientes personas su ayuda, no sólo para escribir este libro sino para mi carrera profesional en general: Gerry Browne, mi compañero de delitos y de pasiones; Pat Egan, un cabrito gruñón pero adorable; John McColgan, que sólo conoce la genialidad; Gay Byrne, por su apoyo ¡y su empujón para arrancar!; Gerry Simpson, por seguir adelante y por darme ánimos; Mary Cullen, por haber corregido las pruebas y por su vigor; Tommy Swarbrigg "el de Eurovisión", una verdadera estrella; Buggsy O'Neill, que estaba allí aun cuando no había nada; Shay Fitzsimons, que no se queda contento hasta que no está todo completamente bien; Gareth O'Callaghan, por haber asumido el riesgo; John Sweeney, que me contrató para mi primera actuación; Eamon Gregg, gran futbolista y gran persona; Michael O'Carroll, mi hermano, por su fe por encima de la fe: te quiero; Tim O'Connor, que era amigo mío sin que yo lo supiera; John Courtney, del que siempre supe que era amigo mío; Gabriel Byrne, que sabe animar con una sonrisa; Michael O'Brien, que me dio un contrato y un anticipo sin enterarse siquiera de si yo tenía bolígrafo: ¡tu fe en mí fue inspiradora, espero que yo la haya justificado en parte! Gracias a Ide, mi editora (difícil tarea), y a todos los de The O'Brien Press por su dura labor. ¡Buen trabajo! Y a Evelyn Conway, mi sufrida secretaria: ¡gracias!

Por último, doy las gracias a Maureen O'Carroll (1913-1984), licenciada en letras y miembro del parlamento irlandés. Era mi MAMÁ.

1

29 de marzo de 1967, Dublín

Como todos los edificios del Estado, el interior de la sala de espera pública del Departamento de Seguridad Social era triste y poco atractivo. Las paredes estaban pintadas de tres colores: de "verde gobierno", como lo llamaban todos los habitantes de Dublín, la mitad inferior, y de crema o blanco muy antiguo la mitad superior, con una franja roja de un par de centímetros de ancho que separaba los otros dos colores. Sólo había para sentarse dos bancas de madera como bancas de iglesia; estaban cubiertas de iniciales y de fechas grabadas. La luz procedía de una lámpara grande, opaca, en forma de cuenco, que colgaba de un cable de casi dos metros de largo en el centro del alto techo. El exterior del cuenco estaba cubierto de polvo; el interior estaba amarillento y moteado de cagadas de mosca. En el fondo del cuenco había una colección de moscas muertas.

–Les está bien empleado —dijo la mujer que estaba mirando fijamente el globo.

–¿Qué? ¿A quién les está bien empleado, Agnes? —le preguntó su compañera con dulzura.

–A ésas, Marion —dijo, señalando el globo. A esas moscas... les está bien empleado.

Marion levantó la vista al globo. Se pasaron un par de minutos mirando fijamente la luz.

–Jesús, Agnes, no te sigo... Que les está bien empleado, ¿por qué?

Marion estaba perpleja y bastante preocupada por el estado mental de Agnes. El dolor por la pérdida de un ser querido tiene sus rarezas. Agnes volvió a señalar el globo.

–Entraron volando en el globo, ¿verdad? Después no podían salir, así que se cagaron y se murieron. Les está bien empleado, ¿no?

Marion volvió a mirar con fijeza el globo con la boca ligeramente abierta, mientras su mente intentaba descifrar de qué estaba hablando Agnes. Ahora Agnes volvía a recorrer con la mirada su entorno; el reloj de pared hacía tictac. Volvió a mirar a la única persona que había en la sala aparte de ellas. Era un hombre que sólo tenía una pierna, medio de pie, medio apoyado contra la ventanilla. Le oyó solicitar el subsidio de desempleo. Era un "te-atrapé", un velador que vigilaba una obra. Lo acababan de despedir porque unos muchachos habían entrado en la obra y habían roto las ventanas. La muchacha llamaba por teléfono a su antiguo patrón para comprobar que lo habían despedido y que él no había dejado el trabajo por voluntad propia. Agnes intentaba imaginarse lo que debía sentirse cuando lo despedían a uno. Como ella era autónoma, no la habían despedido nunca.

Marion rompió el silencio.

–Que se jodan.

–¿Quiénes? —preguntó Agnes.

–Esas moscas —dijo Marion, señalándolas. Que se jodan, tienes razón, pasándose la vida entera cagándose encima de todo. ¡Les está bien empleado! Ay, Agnes, ¿va a tardar mucho más este tipo? Estoy que reviento de ganas de mear.

Marion tenía en la cara una expresión afligida. Agnes miró por encima del hombro del hombre. La muchacha estaba colgando el teléfono.

–Está a punto de terminar. Mira, ahí fuera, en el pasillo, hay un baño, ve, yo me las arreglo. ¡Anda!

Marion salió corriendo de la sala de espera. Al mismo tiempo, la muchacha regresó a la ventanilla.

–De acuerdo, entonces, señor O'Reilly. Aquí tiene su tarjeta para inscribirse en el sistema de desempleo. Se inscribirá en la ventanilla 44, en el piso de arriba, en la calle Gardiner, el viernes a las nueve y media de la mañana, ¿de acuerdo?

El hombre miró la tarjeta y volvió a mirar a la muchacha.

–¿El viernes? Pero si estamos a lunes. El tipo ese no me quiso pagar, y no tengo dinero.

La muchacha se puso muy formal.

—Eso es una cosa entre usted y él, señor O'Reilly. Tendrá que resolverlo usted mismo. El viernes, a las nueve y media, ventanilla 44.

El hombre seguía sin irse.

—¿Qué voy a hacer de aquí al viernes?

La muchacha estaba harta.

—No me importa lo que haga. No se puede quedar aquí de pie hasta el viernes, eso desde luego. Vamos, ahora lárguese.

—Es un cabrón —dijo el hombre a la muchacha. Ésta enrojeció.

—Ya basta, señor O'Reilly.

Pero éste no había terminado todavía.

—¡Si tuviera mi otra pierna, ya le daría yo, carajo, ya le daría!

La muchacha inclinó la cabeza con aire de resignación.

—Si usted tuviera su otra pierna, señor O'Reilly, habría atrapado a los muchachos y no estaría aquí ahora, ¿no es así? —le soltó con voz cortante. Cerró las portezuelas de la ventanilla con la esperanza de que el señor O'Reilly desapareciera. Éste se recompuso, metió la tarjeta en su bolsillo interior, guardó sus lentes en un estuche y se acomodó la muleta bajo el brazo. Cuando se dirigía a la salida dijo en voz alta:

—¡Y usted también es una cabrona!

Abrió la puerta de la sala de espera precisamente cuando llegaba Marion.

—Ésa no es más que una cabrona —le dijo, y se puso en marcha por el pasillo con una rapidez sorprendente.

Marion se le quedó mirando un momento y después se volvió hacia Agnes.

—¿A qué venía eso? —dijo mientras tomaba asiento junto a su amiga. Agnes se encogió de hombros.

—No lo sé. ¿Ya fuiste?

—Sí.

—¿Estás bien, entonces?

—Estoy muy bien. Jesús, el papel que usan aquí te arranca el culo.

—¿Ese antiguo de estraza?

—Sí, es como limpiarte el culo con un montón de papas fritas.

—Sí.

—Bueno, ¿qué esperas?

—Estaba esperando que volvieras. Vamos.

Las dos mujeres se acercaron a la ventanilla. Agnes tocó el timbre. No oyeron que sonara nada.

—Vuelve a tocar —dijo Marion.

Agnes así lo hizo. Seguía sin sonar nada. Marion dio golpecitos en el vidrio de la ventanilla. Oían movimiento por detrás.

—Alguien viene —susurró Agnes. Después se aclaró la garganta tosiendo como si se dispusiera a cantar. La ventanilla se abrió. Era la misma muchacha. No levantó la vista. En vez de ello, abrió un cuaderno y, todavía sin levantar la cabeza, preguntó:

—¿Nombre y número de Seguridad Social?

—No lo tengo —respondió Agnes.

Ahora sí que levantó la cabeza la muchacha.

—¿No tiene nombre?

—Claro que tiene nombre —intervino Marion. Se llama Agnes, en memoria de la bendita santa Inés, Agnes Browne.

—No tengo número de Seguridad Social.

—¡Todo el mundo tiene número de Seguridad Social, señora!

—¡Pues yo no lo tengo!

—Su marido ¿trabaja?

—No, ya no.

—Así que ¿está inscrito en el sistema de desempleo, entonces?

—No.

—¿Por qué no?

—Está muerto.

La muchacha se quedó entonces en silencio. Miró fijamente a Agnes y después a Marion.

—¿Muerto?

Las dos mujeres asintieron con la cabeza. La muchacha no renunciaba todavía al juego de los números.

—¿Trae su cartilla de pensión de viudez?

—No tengo, para eso vine aquí.

—Ah, ¿así que se trata de una solicitud *nueva*?

La muchacha se quedó más tranquila ahora que entendía de qué se trataba. Sacó un formulario de debajo del mostrador. Las dos mujeres intercambiaron miradas mientras les cruzaba el rostro una expresión de miedo. Consideraban que contestar a las preguntas de un formulario era como una especie de examen. Agnes no estaba preparada para aquello. La muchacha comenzó el interrogatorio.

—Dígame: ¿su nombre completo?

—Agnes Loretta Browne.

—¿Es "Browne" con "e"?

—Sí, y Agnes con "e", y Loretta con "e".

La muchacha miró fijamente a Agnes, sin estar segura de que aquella mujer no se estaba burlando de ella.

—¿Su apellido de soltera?

—Este, Reddin.

—Muy bien. Ahora, ¿el nombre de su marido?

—Nicholas Browne, y antes de que me lo pregunte le diré que no sé su nombre de soltero.

—Con Nicholas Browne bastará. ¿Profesión?

Agnes miró a Marion y volvió a mirar a la muchacha, y dijo después en voz baja:

—Muerto.

—No; cuando vivía, ¿a qué se dedicaba cuando vivía?

—Era mozo de cocina.

—¿Y dónde trabajaba?

Agnes volvió a mirar la cara inexpresiva de Marion.

—¿En la cocina? —propuso, con la esperanza de que ésta fuera la respuesta adecuada.

—Claro que en la cocina, pero ¿en qué cocina? ¿Era un hotel?

—Sigue siendo un hotel, ¿verdad, Marion?

Marion asintió con la cabeza.

—¡¿Qué hotel?!

La muchacha ya estaba exasperada, y la pregunta le salió de entre los dientes.

—El hotel Gresham, de la calle O'Connell, cielo —respondió Agnes con confianza. Aquélla había sido fácil. La muchacha garrapateó la respuesta y siguió con las preguntas del formulario.

—Dígame, ¿cuál fue la causa de la muerte?

—Un cazador —dijo Agnes.

—¿Le dieron *un tiro*? —preguntó la muchacha con incredulidad ¿Le dieron un tiro a su marido?

—¿Quién? —preguntó Agnes, como si la muchacha se hubiera enterado de algo acerca de la muerte de su marido que ella misma no conociera.

—El cazador, ¿un cazador mató a su marido de un tiro?

Agnes estaba perpleja. Reflexionó un momento, y después su rostro se llenó de una expresión de entendimiento.

—¡No, cielo! Un hillman cazador, lo atropelló un hillman cazador: ¡un coche!

La muchacha volvió a mirar detenidamente a las dos mujeres y desechó la idea de que aquello fuera *Cámara Indiscreta*. "No son más que dos tontas", se dijo para sus adentros.

—Un accidente de tránsito... ya veo.

Volvió a garrapatear. Las dos mujeres observaban que ya estaba escribiendo en la última línea. Se sentían satisfechas. Pero entonces la muchacha dio la vuelta al formulario para comenzar una nueva lista de preguntas. Fue perceptible la desilusión de las dos mujeres. La muchacha lo notó, e intentando aliviar la tensión de las dos dijo:

—Debe haber sido verdaderamente horroroso.

Agnes reflexionó un momento.

—Sí, debe haberlo sido, ¡seguro que no se lo esperaba!

La muchacha echó una mirada por la sala, preguntándose si sería posible que hubiera de verdad una cámara oculta, después de todo. Volvió a descartarlo.

—Bueno, entonces, sigamos. Dígame, ¿cuántos hijos tiene?

—Siete.

—¿Siete? ¡Una buena familia católica!

—Ah, son buenos. Pero a los mayores hay que llevarlos a misa a palos.

—Estoy segura. Este, voy a necesitar sus nombres y sus edades.

—¡Bien! Vamos a ver, el mayor es Mark, que tiene catorce años; después, Francis, de trece; después los gemelos, son dos, Simon y Dermot, de doce los dos; después, Rory, que tiene once; después de él viene Cathy, que nació con fórceps, ¡muy difícil!

–Sí que lo fue, lo recuerdo bien. Eres una mártir, Agnes —comentó Marion.

–Ay, claro, qué va a hacer una, Marion. Tiene diez años, y el último de todos es Trevor, el bebé, tiene tres años.

En el formulario se había dejado espacio para diez hijos, de modo que quedaba bastante blanco libre. La muchacha cruzó con una raya las tres líneas que quedaban y pasó al apartado siguiente. ¡Se preguntó para sus adentros qué habría pasado entre 1957 y 1964 para que la señora Browne tuviera aquella "pausa"!

–Dígame: ¿cuándo murió su marido?

–A las cuatro y media.

–Sí, pero ¿qué día?

–Esta mañana.

–¡Esta mañana! ¡Pero entonces ni siquiera debe tener todavía el certificado de defunción!

–Ah, no, desde luego que no... ¡No pasó de la escuela primaria!

–No, un certificado *de defunción*. Necesito un certificado de defunción. Un certificado del médico que afirme que su marido ha muerto de verdad. Yo no tengo constancia de que no siga vivo.

–No, cielo, seguro que está muerto. Con toda seguridad. ¿Verdad que sí, Marion?

–Absolutamente —asintió Marion. Lo conozco desde hace años y no lo había visto nunca tan mal. ¡Está muerto, muerto con toda seguridad!

–Mire, señora... este, Browne, no puedo dar trámite a esto mientras usted no consiga un certificado de defunción del hospital o del médico que declaró muerto a su marido.

La señora Browne entrecerró los ojos como reflexionando sobre esto.

–Así que, si no puedo conseguirlo hasta mañana, ¿perderé el dinero de un día?

–No perderá nada, señora Browne. Se le abonarán los atrasos. Recibirá hasta el último penique que le corresponda. Se lo prometo.

Marion sintió alivio por su amiga. Le dio un codazo en el costado.

—Los atrasos, eso es estupendo, Agnes, así que no hacía falta que vinieras con tanta prisa.

Agnes no se había quedado convencida.

—¿Está segura?

—Estoy completamente segura —dijo la muchacha, sonriendo. Ahora mire, llévese este formulario, ya está lleno, y cuando consiga el certificado de defunción, entregue las dos cosas juntas. Ah, y traiga también su certificado de matrimonio, se lo darán en la iglesia donde se casaron. Mientras tanto, señora Browne, si necesita algún dinero para irla pasando, bastará con que pase por la Oficina de Sanidad de Dublín, en la calle Jervis, y hable allí con el funcionario de asistencia.

Agnes se fijó bien en todo eso.

—¿El funcionario de asistencia, en la calle Jervis?

—En la calle Jervis —dijo la muchacha, asintiendo con la cabeza.

Agnes dobló el formulario. Estaba a punto de marcharse, pero volvió a dirigirse a la muchacha.

—No hagas caso de ese "te-atrapé" cojo. ¡Eres muy buena, cielo, y no eres una cabrona!

Dicho esto, las dos mujeres volvieron a salir al sol de marzo para preparar un entierro.

2

El Dublín de los sesenta era, y el de los noventa lo sigue siendo, una ciudad con muchas secciones y divisiones. Había la sección de tiendas, las secciones de los mercados, la sección residencial y las casas de vecindad, ahora casi desaparecidas.

La sección de tiendas tenía dos divisiones, el lado sur y el lado norte; la calle Grafton era la calle principal de tiendas del lado sur, y la calle Henry y la calle Moore eran las más notables del lado norte. Tras un paseo por los dos lados de la ciudad no cabría ninguna duda de cuál era el lado opulento y de cuál no. La catedral mayor está al sur, las oficinas del sistema de desempleo más grandes están al norte; el parlamento está al sur; los departamentos municipales de Sanidad y de Vivienda están al norte. En un café del lado norte te puedes tomar una taza de té, un emparedado y una galleta por lo que te cuesta un café en el lado sur. El río Liffey es la línea divisoria, y hasta él sabe distinguir los lados cuando amontona los desperdicios y los residuos en su orilla norte.

A sólo diez minutos a pie del puente O'Connell por los muelles y a otros tres minutos a pie hacia el norte estaba la calle San Jarlath. Toda la zona circundante, de un kilómetro y medio cuadrado, tomaba su nombre, El Jarro, de aquella calle.

Aunque El Jarro alojaba a unas dieciséis mil personas en los años cincuenta y sesenta, allí se conocían casi todos. De día la zona hervía del movimiento de los vendedores ambulantes, los cochecitos de niño y los carros, pues los hombres y las mujeres que vivían en El Jarro constituían noventa por ciento de los vendedores de la calle Moore y de George's Hill. El Jarro aportaba también la mano de obra del mercado de pescado y del de verduras, y el resto de los hombres sanos de cuerpo eran estibadores, carreteros o estaban en el sistema de desempleo.

Agnes Browne era una de las vendedoras más conocidas y más apreciadas de la calle Moore. A ella le encantaba El Jarro. Salía alegremente todas las mañanas a las cinco de su casa de vecindad del callejón James Larkin con su cochecito de niño, sobre el que llevaba plegada su mesa de caballetes. Cuando doblaba la esquina en lo alto de su callejón sin salida, la cara se le quebraba en una sonrisa al encontrarse con el color de la calle San Jarlath, con la ropa lavada tendida de mil ventanas a cada lado. Ella se imaginaba que eran banderas de todos los colores del arco iris, puestas en su honor, por diversos motivos. Se inventaba uno nuevo cada día: un día, ella era estrella de cine; al día siguiente, heroína de guerra; una vez, fue incluso astronauta, la primera de Irlanda, que volvía para recibir los vítores y la adulación de sus amigos y de sus vecinos.

En la quinta bocacalle bajando por la calle San Jarlath, donde ésta se cruzaba con la calle Ryder, Agnes se reunía con su mejor amiga y colega vendedora, Marion Monks. Marion era pequeñita, con la cara redonda, cabello dorado y lentes redondos "de remachador" que daban a sus ojos el aspecto de dos chícharos negros pequeños. Para empeorar las cosas, Marion tenía no uno, ni dos, sino tres lunares castaños oscuros en línea recta, justo debajo de la barbilla. En cada uno de ellos crecía un saludable mechón de pelo, lo que daba a la pobre Marion el aspecto de tener una pequeña barba. Fue una noche en el bingo, cuando a Marion se le rompieron los lentes por el puente y sólo consiguió terminar la velada llevándose una de las lentes al ojo izquierdo y escribiendo con la derecha, cuando Marion se ganó su mote de Káiser.

Las dos "muchachas" empujaban juntas sus carros calle San Jarlath abajo, fumándose a medias el cigarro que Agnes había sacado a escondidas de la cajetilla de Redser. Agnes llevaba casada trece años con Redser Browne, y éste no le había ofrecido un cigarro ni una sola vez. Así que todas las mañanas, durante trece años, ella le había agarrado uno. Antes de llegar al final de la calle, las dos cruzaban la calzada para pasar por delante de la iglesia de San Jarlath, la iglesia donde Agnes se había casado con Redser y donde Káiser se había casado con

Tommo Monks, hombre que la doblaba en estatura y que tenía fama legendaria de duro en los muelles. Nadie se atrevía a enfrentarse a él, pero ¡algunas noches se le podía ver volver a casa tambaleándose, borracho y llorando, pues a cada par de metros recibía un golpe de la bolsa de Marion por haber llamado a la madre de ésta, sin darse cuenta, "la buena vieja culo de chota"!

Cuando las mujeres llegaban ante las puertas principales de la iglesia, los dos cochecitos se detenían y Marion entregaba a Agnes lo que quedaba del cigarro y subía los escalones hasta la puerta principal. Empujaba suavemente una de las puertas para abrirla a medias y gritaba:

–¡Buenos días, Dios... soy yo, Marion!

Dentro de la iglesia estaban en plena misa de cinco. Entre los treinta y tantos fieles, sólo los forasteros volteaban la cabeza: los habituales estaban acostumbrados al grito de madrugada de Marion. El cura que oficiaba no pestañeaba siquiera, pues sabía que Marion, por motivos que ella sabría, no asistía nunca a misa los domingos. Aquél era el modo que tenía Marion de rezar, y nada más. El cura lo había visto todas las mañanas durante los ocho años que llevaba en la parroquia, y sin duda ella lo seguiría haciendo cuando a él lo trasladaran a otra parte. Después, Marion bajaba los escalones de la iglesia y las dos muchachas doblaban la esquina y terminaban el paseo de diez minutos hasta los mercados de frutas donde comenzaría su jornada de trabajo de doce horas.

En la calle Moore se puede comprar casi de todo con la colección de tiendas que hay allí, pero en los puestos se dedican sobre todo a la fruta, las flores, las verduras y el pescado. Agnes y Marion vendían verduras y fruta. Las dos mujeres se quedaban hasta las seis y media en el mercado mayorista de fruta y verdura, recogiendo su mercancía. De todo el tiempo que pasaban cada mañana en el mercado mayorista, sólo la cuarta parte la dedicaban a elegir fruta y verduras, pues los vendedores ya sabían bien que debían dar a las dos mujeres lo mejor de lo que tenían... o cargar con las consecuencias. El resto del tiempo lo dedicaban a charlar, a ponerse al día con los chismorreos locales y a resolverse mutuamente sus problemas, pues allí, en la madrugada dublinesa, se podía encontrar un remedio para el raquitismo, el secreto de cómo hacer correr más a un galgo frotándole las patas con un poco de aguarrás en un trapo, o el modo de curar una herida infectada. Más tarde, después de tomarse una taza de té caliente y una tostada en el Café del Mercado de Rosie O'Grady, las dos señoras empujaban sus cochecitos, todavía vacíos, bajando hasta el mercado, vacíos porque ellas no llevaban la fruta: la bajaría más tarde Jacko, el recogedor de cajas, con su caballo y su carro.

Cuando las muchachas llegaban a la calle Moore, iban a los "cobertizos municipales". Éstos eran unos cobertizos toscamente construidos, que habían sido erigidos específicamente para que se sirvieran de ellos los vendedores de la calle Moore, con el fin de guardar en ellos de un día para otro la fruta o las verduras que se pondrían a la venta al día siguiente. Cada cobertizo costaba cinco chelines al mes. Agnes y Marion compartían un solo cobertizo y aportaban cada una dos chelines y seis peniques al mes. Entre las siete de la mañana y las siete y media, la calle Moore era una colmena de actividad, mientras se levantaban los puestos a lo largo de la calle. Si el tiempo era inclemente, se tendían toldos de lona para que los vendedores y las verduras se mantuvieran relativamente secos. Se sacaban las verduras de los sacos, las frutas de las cajas, y se sacaba brillo a las manzanas; se volvía a recortar las flores del día anterior para que tuvieran los tallos frescos, y los pescaderos fregaban sus mostradores de mármol esperando la llegada del camión de Howth. A las siete y media, la calle Moore era como un jardín campestre, que empezaba por el lado de la elegante calle Henry con un estallido de ramilletes de flores de todo el mundo: rosas, crisantemos, claveles y azucenas; después, acercándose hacia el extremo de la calle Parnell, las diversas frutas y verduras, cualquier cosa desde un aguacate hasta una fresa, en temporada; y, por último, metidos al final mismo de la calle, los pescaderos, donde pudieran verlos todos pero no pudiera olerlos nadie. ¡Aquél era el rito de todos y cada uno de los días, tan fiable como un reloj suizo, tan lleno de colorido como unas elecciones estadunidenses, tan ruidoso como una boda italiana y tan seguro como un baile en la Sala de Baile Nacional!

¡Pero no aquel día! Agnes Browne no estaría allí aquel día. Su puesto de la calle Moore estaría desnudo, con la excepción de las coronas de flores dispuestas alrededor de su base, colocadas allí por viejos amigos, Winnie la Caballa, Bridie Barnes, Doreen Dowdall, Catherine Keena, Sandra Coleman, Liam el Barrendero, Jacko el Recogedor de Cajas, la señora Robinson y sus hijas gemelas tartamudas, a las que llamaban cariñosamente Splish y Splash. Aquel día, Agnes Browne estaría enterrando a su marido. La tumba estaba preparada en el cementerio de Ballybough; afortunadamente, las tres libras y diez chelines que costaba los había pagado el ramo de Hostelería y Restauración del Sindicato Irlandés de Trabajadores del Transporte y Servicios.

Sus hijos estaban vestidos de punta en blanco, los niños con pantalones de pana gris proporcionados por los de la Sociedad de San Vicente de Paul y con camisas blancas y suéteres grises que Agnes había comprado en Guiney, además de ropa interior nueva y siete pares de sandalias de plástico. El dinero lo había enviado el personal del hotel, además de una tabla completa de emparedados y salchichas diminutas. Cathy, la única niña, llevaba falda y saco negros, también enviados de Casa Ozram por los de Vicente de Paul. Agnes se sorprendió al descubrir que ella misma tenía un vestido negro... pero era sombrío y anticuado, por lo cual sintió un gran alivio cuando descubrió que el que le habían enviado, prestado por una vecina, le venía perfectamente. Cortó el suyo en rombitos negros que cosió a las mangas de los suéteres de cada uno de los niños. Aquellos rombos negros de la muerte sólo se retirarían tras la misa del primer aniversario por el padre de los niños.

Desde la muerte de Redser, Agnes no había tenido un solo momento de tranquilidad. La noche anterior, la casa parecía invadida por las visitas. Ella acogía con tranquilidad y eficiencia a cada visitante, preparando té constantemente, ofreciendo una botella de guinness de las seis cajas que habían enviado de regalo del Bar Foley: el señor Foley había apreciado a Redser, y a Agnes. Aquello parecía interminable. A los niños más pequeños los llevaron a casa de Marion para bañarlos, y aunque Agnes había tenido la intención de que Mark, Francis y los gemelos se bañaran en casa, cuando se quiso dar cuenta eran las dos de la madrugada. Los niños se habían acostado y ella estaba agotada. Ordenó la casa, recogiendo las botellas de cerveza y metiéndolas de nuevo en sus cajas. Se preguntó si el señor Foley esperaba que le devolvieran los cascos; en caso contrario, enviaría a los niños con ellas al León Negro y recogería ella misma los tres chelines por caja.

Antes de meterse en la cama, echó una ojeada a los niños. Los más pequeños, Cathy, Rory y Trevor, estaban en la cama individual: Rory y Trevor en un extremo, y la carita de Cathy asomaba por el otro, rodeada de dos pies a cada lado. Las caras les relucían por el fregado que les había dado Marion, y olían a jabón desinfectante. Uno de los abrigos que les servían de manta se había caído al suelo y Agnes lo recogió suavemente y lo extendió sobre los tres niños. Sobre la otra cama, de matrimonio, estaba extendido un edredón enorme, una de las gangas que encontraba Agnes en el mercadillo de los sábados de George's Hill: sólo siete chelines y seis peniques. Estaba rasgado y había ido perdiendo plumas durante todo el camino hasta llegar a casa, pero ¡con unas cuantas puntadas, había quedado como de segunda mano! Los gemelos dormían, el uno junto al otro, en el extremo de los pies de la cama. Los miró con asombro, como de costumbre, pues siempre dormían chupando cada uno el pulgar del otro, pasando la noche como hermanos siameses. Lo hacían así desde que nacieron, y Agnes no sabía si podía, o incluso si debía, intentar impedírselo. No eran mellizos. Simon era más alto que Dermot, y mientras que Dermot tenía el pelo ratonil Browne de su padre, Simon era rubio, con abundantes pecas. Al otro extremo estaba extendida a lo ancho de la cama la figura corpulenta de Mark, el mayor. Para sus catorce años era grande, lo bastante grande como para que le echaran dieciséis años. Parecía duro y fuerte, tenía la mandíbula fuerte y cuadrada, el cuerpo musculoso y enjuto, y unas primeras espinillas de adolescente que le salían en la frente, una frente que Agnes no podía ver en aquel momento porque Mark le daba la espalda, mirando a la pared. Por otra parte, podía ver perfectamente la cara de Francis, la cara de un ángel. Éste, de piel pálida y de pelo rojo fuego, estaba tendido de espaldas, con la boca entreabierta y dejando salir un suave silbido entre sus labios mientras dormía profundamente. Agnes pasó los dedos por el pelo del muchacho y lo besó con delicadeza en la frente. Cuando se volteaba para irse, la voz de Mark la detuvo.

—Mamá.

Ella volteó, pero él no.

—¿Sí, cielo? —susurró.

—No te preocupes, mami, aquí estaré yo.

La respuesta de ella se le atragantó, y pasó un momento con la boca cerrada y respirando profundamente por la nariz; después susurró:

—Ya lo sé, cielo, ya lo sé... Buenas noches.

Él no contestó y ella salió de la habitación. Aquella breve conversación la alteró, de modo que en vez de irse a la cama bajó y se preparó un té. Después durmió a ratos en el sillón, junto a las brasas moribundas.

Agnes se arrepentía ahora de aquello, delante del espejo en su dormitorio. Tenía bolsas debajo de los ojos. ¡La gente creería que había estado llorando! No había llorado, no había tenido tiempo. Se alejó del espejo.

"Agnes Browne, mira cómo estás, hecha una vieja harapienta", dijo en voz alta a su propio reflejo. Estaba siendo dura consigo misma, pues a pesar de haber parido siete veces en catorce años, a sus treinta y cuatro años, ¡aparentaba los treinta y cuatro! Era bonita, de estatura mediana, labios carnosos y nariz de botón; sus rasgos más notables eran su pelo negro como ala de cuervo y su tez morena que rodeaba unos ojos castaños con forma de almendra, legado de la visita de su abuelo a España: volvió con una pierna de menos ¡pero con una esposa! ¡Una bella esposa, por la cual la mayoría de los hombres de El Jarro habrían estado dispuestos a dar las dos piernas con tal de poder usar la que les quedaba! Ella había muerto joven, con sólo veinticuatro años, de tuberculosis, pero no sin haber dejado tres hijas, la más preciosa de las cuales era María, que fue la madre de Agnes. Agnes se parecía a su madre.

Oyó que un locutor del radio decía que eran las diez. Bajó corriendo las escaleras y reunió a los niños. Cuando los hacía salir por la puerta advirtió que faltaba Mark.

—¿Dónde está Mark? —preguntó, a nadie en especial.

Fue Cathy quien respondió.

—Está en el baño, dice que no viene al entierro de papá.

Agnes no respondió. Miró a Marion a la cara, y Marion, intentando poner cara de perplejidad, inclinó hacia abajo las comisuras de los labios, juntando todos los pelos de los lunares.

–Marion, cielo, adelántate con éstos —propuso Agnes. Yo voy a subir a ver qué le pasa al cachorrillo.

Subió las escaleras tranquilamente, llamándolo: "¡Mark, Mark Browne... sal ahora mismo!". Llegó hasta la puerta del baño sin haber recibido respuesta. Aporreó la puerta.

–Mark Browne, no tengo tiempo para estos berrinches. Vas a venir a misa, quieras o no. ¡Sal de ese maldito baño *ahora mismo*!

El pestillo se corrió y Mark salió.

–¿Qué te has creído que estás haciendo?

Mark no levantó los ojos.

–Nada —murmuró.

–Entonces baja esas pinches escaleras y ve a esa iglesia... y, óyeme, no te pongas hoy en ese plan, o te doy un puñetazo, ¡te lo advierto! ¿Me oíste? —gritaba.

Mark ya iba por la mitad de las escaleras cuando dijo: "Sí". Alcanzaron al resto de la familia antes de llegar a la iglesia. Agnes alisó pelos, subió pantalones y metió camisas, y acto seguido la reciente viuda y los siete huérfanos entraron en la iglesia como una familia pálida y asustada.

3

Fue un funeral magnífico, si es que puede existir tal cosa. Agnes se pasó la misa sentada en la primera banca, rodeada de Marion a un lado y de sus siete huérfanos al otro. Los niños estaban pálidos por una mezcla de miedo, porque en realidad no entendían lo que estaba pasando, y de emoción, porque se les acercaban constantemente personas que les acariciaban el pelo y murmuraban "Que Dios te bendiga", o "Dios te asista, niño", y al mismo tiempo les metían dinero en la mano. Los niños más pequeños miraban fijamente, con los ojos muy abiertos, las monedas relucientes de plata. Tampoco es que les duraran mucho tiempo, pues cuando había transcurrido un plazo que le parecía decoroso, Mark recogía las monedas a los niños para dárselas más tarde a Mamá. Los niños más pequeños entregaban el dinero sin discusión, y Rory hacía lo mismo después de un cierto debate interno, pero Frankie no quería entregar el suyo bajo ningún concepto. Cuando Frankie tenía un cosa, Frankie se la quedaba... ¡para Frankie! Mark odiaba a su hermano pequeño. Frankie era el más egoísta de todos los niños. No compartía nunca con los demás nada que trajera a casa, aunque si a Mark le daba caramelos el señor McCabe, tendero local y proveedor de los periódicos que repartía Mark diariamente, Frankie se quedaba allí sentado con la cara larga hasta que Mamá se empeñaba en que Mark le diera algunos. Mark había deseado a menudo que Frankie no fuera su hermano. Frankie era el favorito de Mamá. Mark comprendía que las mamás tienen que tener sus favoritos, y no le importaba no ser él, pero no comprendía que, teniendo a unos niños tan simpáticos como Trevor y Cathy, o incluso como Dermo, descarado pero adorable, Mamá hubiera elegido al único desgraciado egoísta de la familia para que fuera su favorito, su niño mimado. Se figuraba que las mamás son ciegas.

Aquello había empezado con la meningitis. Mark recordaba vivamente el pánico aquella noche en el departamento. La ambulancia ante la puerta, Frankie vomitando algo café y maloliente. Todavía veía a Frankie, con los ojos cerrados y con la cara llena de perlas de sudor, mientras los dos camilleros lo bajaban por los escalones de la entrada del edificio hacia la ambulancia que los esperaba. Su madre estaba enloquecida, su padre estaba pálido y tembloroso, sin saber qué hacer. Se llevaban a Frankie al hospital de infecciosos. "Bueno, se acabó", pensó Mark. Mark había visto ingresar a dos tíos suyos en el hospital de infecciosos con tuberculosis, y no habían vuelto a salir. Como sabían todos los niños de El Jarro, el hospital de infecciosos era donde ibas a esperar a que Dios te recogiera. No volvería a ver nunca a Frankie. Mark recordaba que cuando se marchaba la ambulancia se le había acercado un niño y le había preguntado: "¿Quién es?". "Mi hermano Frankie", había dicho él. "¿Qué le pasa?", le había preguntado el muchacho. Mark, incapaz de recordar o de pronunciar la palabra "meningitis", dijo simplemente: "Está jodido", y volvió a entrar en el departamento.

Aquella noche Mark pidió a Dios en sus oraciones que dejara vivir a Frankie. Dios atendió su oración. Seis semanas más tarde, Frankie estaba en casa... ¡y Mamá lo tuvo en algodones desde entonces! Incluso ahora, años más tarde, cuando Mamá pedía a Mark que bajara a la carbonera por una cubeta de carbón, si Mark se atrevía a sugerir que debía tocarle a Frankie alguna vez, se encontraba con un mal gesto de su madre y la respuesta habitual: "¡Recuerda la meningitis!". Mark aprendió de todo esto una lección valiosa: ¡no te precipites demasiado con tus oraciones!

Cuando el cura anunció que la misa había terminado se formó una cola de personas que fueron dando la mano de una en una a la señora Browne y a Mark y dando palmaditas a los niños en la cabeza. Casi sin excepción, decían a la señora Browne: "La acompaño en su sentimiento"; y a Mark: "Ahora eres el hombre de la casa, buen mozo". Mark lo entendía... bueno, casi lo entendía. Suponía que quería decir que se esperaba de él que ocupara el lugar de su padre: que trajera dinero a casa, que protegiera a la familia, dos cosas que estaba dispuesto a hacer y para las que se sentía capacitado. Pero estaba inquieto. Esperaba que aquello no quisiera decir también que tenía que acostarse con su madre... eso no le iba. ¡De ningún modo!

El coche fúnebre arrancó lentamente ante la iglesia. Detrás caminaba el cortejo funerario, encabezado por la familia Browne. Mamá iba rodeada de sus hijos, Cathy agarrada de su mano izquierda y Frankie asido de su brazo derecho. Mark caminaba tras ella. Llevaba a Trevor de la mano, y junto a él iba Rory, que llevaba a uno de los gemelos en cada mano. El cementerio de Ballybough estaba a cosa de un kilómetro y medio de distancia. Por el camino, el coche fúnebre dobló para bajar por el callejón James Larkin. Todas las cortinas de todas las ventanas de cada piso estaban corridas. El coche fúnebre se detuvo ante la puerta principal de la casa de los Browne. En la puerta estaba clavada con una chincheta una sencilla tarjeta blanca con borde negro. Decía: "Redser Browne RIP".

El coche fúnebre se quedó parado un minuto y después volvió a emprender la marcha con un gruñido. Estaban a la vista del cementerio cuando Agnes empezó a oir el silbido. Al principio se quedó perpleja, pero, después, una gran nube de vapor que salió de la parte delantera del ford zephyr, el coche fúnebre, anunció que al vehículo le pasaba algo. Éste se paró de pronto, y la multitud que lo seguía se detuvo desordenadamente. El chofer y su ayudante saltaron de los asientos delanteros del vehículo. Algunos hombres se adelantaron para unirse a ellos. A continuación echaron una ojeada al motor, y después tuvo lugar una discusión sobre lo lejos que estaba el cementerio. Al parecer, estaba demasiado lejos como para llevar el ataúd a hombros, pero no era posible poner en marcha el vehículo por miedo a estropear el motor. Se decidió empujar el coche fúnebre hasta las puertas y llevar a hombros el ataúd desde allí. Se reclutó a más hombres del cortejo y, de un empujón, el zephyr empezó a avanzar con una sacudida.

–Mark, ¿qué hay en la caja que va en la parte de atrás del coche? —preguntó de pronto Cathy.

–Papá —respondió Mark.

–¿Ya volvió? —preguntó ella.

–¿Que si ha vuelto? ¿De dónde? —respondió Mark, con cara de perplejidad.

–Mamá dijo que papá se había ido al cielo: se fue después del trabajo. ¿Ya volvió?

–Sí —dijo Mark.

–¿Por qué? —insistió ella.

–Porque no quería perderse el entierro.

La respuesta de Cathy fue un sencillo "ah", y siguieron caminando tras el vehículo que ahora era de tracción humana.

Kevin Carmichael había trabajado veinticinco años al servicio de Lugares Solemnes, S. L., empresa propietaria del cementerio de Ballybough. Había empezado de enterrador, y con los años había ido ascendiendo hasta llegar a director del cementerio. Le encantaba su trabajo, y normalmente el cementerio funcionaba como un reloj. Por supuesto, de vez en cuando se producían pequeños contratiempos: en la huelga del 63, los familiares tuvieron que cavar las tumbas, ¡y una vez una conocida prostituta de Dublín que debía haber reposado en la tumba de su familia terminó con las Hermanas de la Revelación Divina, por culpa de un error administrativo! El error se rectificó rápidamente, y a la familia de la prostituta le pareció gracioso. Nadie se lo dijo nunca a las Hermanas.

Según todos los indicios, aquél iba a ser un mal día en el cementerio. Kevin se esmeraba en planificar la llegada de los cortejos funerarios para que hubiera entre ellos un intervalo de al menos un cuarto de hora, de tal modo que cada familia gozara de una apariencia de intimidad. Pero una combinación de errores y de circunstancias hicieron que tres de los entierros del día llegaran a la vez. El funeral de los Clarke iba muy retrasado, debido a que el cura había sufrido un ataque al corazón en plena misa. Para cuando se llamó a una ambulancia y se localizó a un cura suplente, el difunto Thomas Clarke ya llegaba tarde, más de una hora, a su propio entierro. El segundo entierro que se esperaba, el de la familia Browne, llegaba ahora con veinte minutos de retraso, y la causa saltaba a la vista, pues diez hombres con cara roja metían a empujones el enorme zephyr en la zona de recepción del cementerio. Para rematar las cosas, el grupo de los O'Brien llegaba justo a su hora. ¡Así que Kevin se encontraba con tres entierros que llegaban a la vez, y con un tremendo lío!

Hicieron falta hombres de refresco para llevar a hombros el ataúd de Redser. Los que habían empujado el coche fúnebre estaban hechos polvo. Se nombró portadores del ataúd a cuatro hombres de la taberna de Foley, junto con los dos hombres de la funeraria. Mientras los portadores del ataúd avanzaban entre la multitud, que ahora era enorme, se unieron a los otros dos ataúdes, que también se llevaban a la altura de los hombros. La procesión comenzó con los tres ataúdes en fila, y todo marchó bien durante un rato, con la multitud enorme siguiendo a los tres ataúdes: parecía un funeral múltiple. De pronto, uno de los ataúdes se salió de la formación y se desvió por una vía lateral. Un runrún de preguntas recorrió la multitud: "¿Cuál era ése?", querían saber todos. Aquello se estaba convirtiendo en una versión gigantesca del juego de "dónde quedó la bolita". Alguien tomó una decisión, y una gran parte de la multitud se disgregó del resto persiguiendo al ataúd descarriado. Los niños miraron a Agnes en busca de orientación, y Agnes, tan decidida como siempre, dijo:

—Sigan al de la izquierda... ¡Ése es su papá!

Las palabras "el de la izquierda" recorrieron la multitud como en el juego de los telegramas. En el cruce siguiente, "el de la izquierda" volvió a doblar a la izquierda y a emprender la subida de una pequeña cuesta. Agnes y los niños lo siguieron, y lo mismo hizo el resto de la multitud.

Después de recorrer unos quinientos metros, el ataúd fue colocado sobre la tumba, sujeto por dos tablas. La multitud se arremolinó alrededor de este punto, y cuando todos estuvieron en sus puestos hubo un silencio mortal.

—Padre nuestro, que estás en los cielos —empezó a decir el cura, como el primer cantante de una reunión de músicos aficionados. La enorme multitud lo siguió, y Agnes se secó una lágrima del ojo. Los niños se apiñaron a su alrededor, y esto la hizo sentirse un poco menos sola. Echó una mirada a la multitud. Allí había viejos amigos, y también había bastantes a los que no reconocía, pero Redser había sido un hombre popular. Distinguió al otro lado de la tumba a una mujer de aspecto atractivo que iba de negro, como ella, y que sollozaba. Agnes no la reconoció. Al principio se sintió perpleja, pero poco a poco empezó a invadirla, por primera vez en su vida, la sospecha de que Redser Brown hubiera tenido una aventura. Cuando terminó la oración y bajaban el ataúd a la tumba, Agnes murmuró entre dientes: "Desgraciado asqueroso".

Mientras tanto, a sólo trescientos cincuenta metros, estaban enterrando al verdadero Redser Browne, con la presencia de sólo cuatro hombres. Muy adecuadamente, todos eran camareros de la taberna de Foley.

4

Agnes Browne era capaz de soportar los malos tratos. Tenía mucha práctica. Su padre le pegaba con regularidad, en la escuela le pegaban, y, naturalmente, Redser le pegaba, pero ¡al menos, éste sólo le pegaba cuando le parecía que tenía buenos motivos!

Nunca había contado a nadie los golpes que le daba Redser. Lo intentó una vez: la primera vez que le había pegado. Acababan de mudarse al departamento del callejón Larkin, y ella estaba más contenta que unas castañuelas. Tenían una cama que les había dado la abuelita de Redser, que vivía en Ringsend (la tenía en el desván), y habían encargado una mesa nueva de formica, cuatro sillas y un sofá en Cavendish, en la calle Grafton: dos libras y cincuenta peniques por semana durante tres años, con una semana libre en cada navidad. La mesa y las sillas llegaron un viernes, y aunque Agnes se había quedado desilusionada porque el hombre de la camioneta no había traído también el sofá, les prometió que lo traería al día siguiente, el sábado. Esa noche, Redser cenó en la mesa nueva. Apenas se fijó en ella, y el único comentario que hizo antes de apartar su plato y de ir a vestirse para ir a su partida de dardos fue: "No da mejor sabor a la cena".

Agnes madrugaba siempre los sábados. No tenía que trabajar, porque tenía un acuerdo con Marion: Agnes llevaba los dos puestos los viernes, y Marion llevaba los dos los sábados; pero a pesar de ello estaba en pie a las siete de la mañana. Aquel sábado hirvió una olla de agua y llenó el barreño para preparar un baño caliente y lleno de espuma. Bañó a Mark y lo vistió. Después, a las ocho y media en punto, bajaba a Mark y a su cochecito a cuestas por las escaleras, lo ataba en el cochecito y se dirigía al mercadillo de segunda mano de George's Hill. El punto culminante de la semana para Agnes era su búsqueda de los sábados entre las montañas de ropa, zapatos y trastos de este mercadillo. Conocía los apodos de todos los vendedores y por qué los tenían. Por ejemplo, Bungalow era un hombre retrasado que hacía recados y llevaba cosas a los vendedores. Lo mandaban por papas fritas, o por tabaco, o por lo que fuera. Le habían puesto ese sobrenombre porque, como los bungalows, no tenía nada en la azotea. Por otra parte, Buda, que vendía camas, cubetas y máquinas de coser, era muy listo y debía su nombre a su modo de hablar, pues empezaba todas las frases diciendo: "Sin duda...".

Aquel sábado, Agnes se limitó a pasar junto a los vendedores en vez de detenerse, revolver y charlar, pues quería volver a tiempo para recibir al hombre de la camioneta con su sofá nuevo, con su sofá nuevecito. Llegó al departamento hacia las once de la mañana. Cuando entró en el edificio, la recibió en el rellano la vieja señora Ward, que vivía en el bajo.

—Tu hombre salió —anunció. La señora Ward se consideraba a sí misma "La Guardiana del Castillo", y los habitantes del edificio solían decir que "no te puedes tirar un pedo sin que ella se entere, y cuando ha terminado de contárselo a otro, ya es una cagada". Agnes ni siquiera la miró mientras subía trabajosamente las escaleras cargada con el niño y el cochecito. Se limitó a responder:

—Ya lo sé.

—¿Es que hace horas extras?

—No.

—¿Ha ido a casa de su madre?

Agnes no respondió, en parte porque estaba casi sin aliento y en parte porque no quería. La falta de respuesta no hacía callar nunca a la señora Ward, pues aun mientras Agnes abría su puerta, dos pisos más arriba, oía a la vieja cotorra que decía: "Es difícil apartarlos de sus madres a esos jovenzuelos". Agnes cerró la puerta mientras se oía apagadamente: "Ay, sí, adoran a sus madres... ¡las adoran!".

Dejó el cochecito en el suelo con un golpe y se quitó el pañuelo de la cabeza. Mientras desenvolvía al niño echó una mirada a su mesa y a sus sillas nuevas: ¡preciosas! La mesa estaba hecha un revoltijo con los restos del desayuno de Redser. Un tazón sucio, la azucarera, una botella de leche y la tetera desperdigados, la mantequilla con el envoltorio abierto del todo como una mariposa de papel de estraza, y media hogaza de pan. Agnes decidió acostar al pequeño Mark para que echara la siesta antes de meterse con el desorden de la mesa. Cuando el niño se hubiera quedado dormido, ella dispondría de toda la tarde para ella. Redser no volvía nunca de las casas de apuestas los sábados hasta que había terminado la última carrera.

El aire fresco había sentado de maravilla a Mark, y se quedó dormido en seguida, resoplando con satisfacción con las mejillas rosadas. Agnes volvió a entrar en la otra habitación del departamento y se dirigió a su radiogramola: una ganga que había comprado a Buda por tres libras. Seleccionó seis discos de su montón, todos de Tom Jones, por supuesto, y los puso en el cargador automático, seleccionó la velocidad a 45 y oprimió el botón de play. El brazo se levantó y un disco hizo un pequeño "plap" al caer en el plato. Agnes empezó a recogerse el pelo mientras Tom empezaba con "It's Not Unusual". Le encantaba Tom, y a Redser también. De hecho, la noche en que se habían conocido, Agnes se había fijado en las letras J.O.N.E.S. que tenía tatuadas Redser en los nudillos incluso antes de verle la cara.

Agnes, con el pelo recogido, atacó el desorden que había sobre su mesa nueva. Cuando la mesa estuvo despejada, la mantequilla en la fresquera, el pan en la panera, Agnes aplicó un paño húmedo a la mesa. Al dar la primera pasada con el paño los vio: cuatro cortes rectos. Los había hecho el cuchillo del pan al cortar la hogaza... los había hecho Redser. Se le cayó el alma a los pies. Se sentó y pasó despacio los dedos por los cortes, como si así se pudieran curar, de alguna manera, las heridas de su mesa nueva de formica. Pero no se curaron. Mientras Tom entonaba "Green, Green Grass of Home", Agnes lloró en silencio. Su mesa ya no era nueva.

Cuando Redser llegó a casa, Agnes estaba sentada en su sofá nuevo. Mark estaba junto al fuego con un cojín debajo de la cabeza y cubierto por una de sus mantas de la cuna. Estaba despierto, pero estaba a gusto allí acostado al calor del fuego viendo danzar las llamas vacilantes de un carbón a otro. En circunstancias normales, Agnes se habría dado cuenta de que Redser estaba con un humor de perros, pero aquel día no le importaba. Él no saludó ni habló con el niño, pero se quitó el abrigo, lo tiró sobre una de las sillas nuevas de la cocina y abrió el horno. Estaba frío y vacío.

–¿Dónde está mi cena? —dijo, hablando hacia el interior del horno.

–Cortaste mi mesa —dijo Agnes en voz baja.

–¿Qué?

La puerta del horno se cerró de golpe.

–Cortaste mi mesa —dijo Agnes, subiendo la voz un nivel. ¡Mírala!

–Que se joda la mesa. ¿Dónde está mi cena, mujer?

–No se puede arreglar, ya lo sabes. ¡La formica no se arregla!

–¿Te estás quedando sorda? ¿Dónde está mi pinche cena?

–No te he preparado tu pinche cena. Ahora, ¿quieres mirar mi mesa?

–¿Que no has preparado la cena? ¿Que *no me has preparado* la cena?

Redser avanzó hacia Agnes y ésta vio las señales de advertencia. El labio inferior de él se le puso blanco y empezó a temblarle, la frente empezó a enrojecerle y las sienes a palpitar. Ella se puso de pie. Él se detuvo. Había una locura en sus ojos, parecía que le saltaban de un lado a otro. Ella quiso hablar. Cuando llegó la bofetada, le resultó vagamente familiar. Él se la había dado con el dorso de la mano, la misma que tenía escrito J.O.N.E.S. en los nudillos. Le dio de lleno en la parte derecha de la cara, la cabeza de ella giró a la izquierda, hacia la chimenea y hacia su hijo, que ahora tenía los ojos muy abiertos y estaba asustado. Ella recordó. Sí que le resultaba familiar. Era idéntica a la bofetada de su padre. Se preguntó si su papá había llevado aparte a Redser y le había enseñado a darla; ¿o se lo enseñarían a los niños en la escuela? Notó el sabor de la sangre en su boca. No lloró. Hacía mucho tiempo que la bofetada de un hombre no era motivo para que Agnes llorara. Se limitó a volver a dirigir despacio su cara hacia la de él. Él tenía una media sonrisa, igual que papá.

–No quiero oir otra pinche palabra de tu boca hasta que haya una cena en esa pinche mesa —dijo Redser. Se acercó rá-

pidamente a la mesa. Le dio un manotazo. ¡Aquí! Aquí mismo...
en esta mesa... en *mi* pinche mesa. ¿De acuerdo?

Ella no habló. Fue al fogón y preparó pescado frito. Él encendió el radio y hurgó con el botón hasta que se oyeron fuertes
y claros los resultados de las carreras de caballos y del futbol.

Aquella noche, Agnes fue a casa de su madre. Tenía que
contárselo a alguien. Le contó el caso mientras su madre plan-
chaba las camisas de su padre. Su madre apenas levantó la cabeza durante el relato. Cuando Agnes hubo terminado, esperó
recibir algún consejo precioso o incluso un gesto de comprensión por parte de su mamá. Su madre levantó la cabeza despacio, y Agnes vio en los ojos de su mamá un espíritu sometido.

—Bueno, cielo, tú te has hecho la cama... ¡ahora acuéstate
en ella! —dijo su mamá.

Agnes no volvió a contárselo a nadie jamás, pero con el
tiempo aprendió a evitar los golpes y estableció también con
Redser una ley tácita pero bien entendida. Lo hizo con una mirada, como sólo puede hacerlo una mujer, y la mirada decía: "Yo
lo aguanto... pero no toques jamás a mis hijos". Redser no los
tocó nunca.

5

El sol de mayo cortaba como la hoja de un cuchillo la calle Moore de Dublín; las pescaderas maldecían los enjambres de moscas, y Agnes Browne estaba sentada junto a su puesto y reflexionaba sobre los tres meses que habían pasado desde la muerte de Redser. Ya había pasado su primera semana santa de viuda. Ahora recogía su pensión semanal junto con su vale de combustible para conseguir dos costales gratuitos de carbón. Los niños se habían calmado un poco, aunque Mark parecía intranquilo, inquieto, como si tuviera azogue, tal como habría dicho la madre de ella, puede que fuera la...

–Un penique si me dices lo que piensas —dijo una voz que cortó sus reflexiones. Era Marion, que llevaba dos tazones de caldo hecho con Bovril.

–¿Qué?

–Lo que piensas, que te doy un penique si me lo cuentas... estabas en las nubes.

–Sí... ¡en Mark!

–¿Qué le pasa?

–Está raro.

–¿Está malo? ¿Tiene fiebre?

–Ah, no, está sano como un cachorrillo. No, es otra cosa.

–¿Qué?

–Te estoy diciendo que no lo sé. Si lo supiera, no estaría preocupada, ¿no? ¡Mira, allí hay una clienta, está mirando tus plátanos!

–¡Toma, sujétame el tazón!

Marion se acercó apresuradamente a su puesto, donde una "señora" estaba examinando, en efecto, la mercancía de Marion.

–¿Deseas algo, cielo?

–Sólo estoy mirando, gracias.

–Ah, eso les encanta, vaya que sí.

La mujer miró a Marion, a la que apenas se veía al otro lado del puesto.

–¿Cómo dice? —preguntó.

–A los plátanos: les encanta que los miren.

La mujer siguió mirándola, sin saber cómo responder a la afirmación de Marion. Parpadeó y volvió a los plátanos. Eligió un manojo de seis, los volteó para aquí y para allá y los dejó en su sitio de nuevo.

–Parecen un poco pálidos.

–Sí —respondió Marion. Seguro que están mareados, la travesía desde Jamaica ha sido agitada.

La mujer volvió a mirar a Marion y después se marchó, incómoda. Marion corrió de nuevo junto a Agnes y cogió de nuevo su Bovril.

–¡La verdad es que las espantas! —dijo Agnes.

–Ah, ¡para nada! O quiere plátanos o no quiere plátanos. ¡Yo no estoy dispuesta a jugar a las adivinanzas! Los estaba hurgando y apretando... ¡Son plátanos, no pitos, y no se ponen mejores si los aprietas!

Las dos mujeres estallaron en carcajadas.

–¡Ay, Marion, le subes a una la moral!

Las dos siguieron tomándose su Bovril y observando a los compradores que pasaban. Marion se volvió hacia Agnes y estuvo a punto de hablar, pero se detuvo, como si estuviera buscando las palabras adecuadas. Agnes esperó.

–¿De qué se trata? —dijo al final.

–¿Qué quieres decir? —preguntó Marion con aire de inocencia.

–¿Qué ibas a decir?

–Nada.

–Ibas a decir algo, Marion: ¿qué era?

Marion se dispuso a hablar y Agnes esperó.

–¿Lo extrañas? —preguntó Marion por fin.

–¿El qué? ¿Que si extraño el qué?

–Ah, ya sabes... ¡"eso"!

–¿El hacer cositas?

–¡Sí, el hacer cositas!

Agnes se lo pensó un momento y tomó un trago de Bovril.

–Qué va.

–¿Lo dices en serio? ¿Ni siquiera un poquito?

–No, ni siquiera un poquitín... ¿Qué diantres hay que extrañar? Que te echen en todo el cuerpo el aliento con olor a papas fritas y a cerveza guinness... su barbilla como un condenado papel de lija, que te raspa el hombro y el cuello... y, después, la espera y la preocupación... ¿me habré quedado otra vez?

–Pero ¿haces el amor, Aggie?

–El amor, ¡y nada! Hacer niños, hacer más problemas, hacer pañales cagados... ¡hacerlo feliz a él!

–Y a ti, hacerte feliz a ti también. ¿Eres capaz de decir que no disfrutaste nunca?

–¡Marion, a ver si te aclaras! ¿Disfrutar de qué?

–Ya sabes... ¡del *organismo*!

Hubo un momento de silencio en señal de respeto a aquella palabra mágica y del mundo moderno. Agnes tomó un trago de su Bovril, y Marion miró tímidamente a un lado y a otro como si acabara de develar un secreto nacional.

–Nunca lo he tenido —dijo Agnes con tono de desafío. Creo que no existen.

–Existen, Aggie, te lo juro. ¡Yo he tenido dos!

–¿Qué? ¿Cuándo?

–Uno, dos semanas después del entierro de tu Redser, un viernes..., ¡y otro, en agosto pasado!

–¿Estás segura de que eran *organismos*?

–¡Segurísima!

Aggie volvió a tomar un trago de su Bovril, mientras Marion se quedaba sentada, radiante con el recuerdo de lo que acababa de afirmar.

–¿Cómo fueron?

–¡Enormes, geniales!

–Ay, sé más concreta, descríbelos.

Marion acercó más a Agnes la caja que le servía de asiento. Agnes metió la mano en el bolsillo de su delantal y sacó una cajetilla de Players Navy Cut, y las dos encendieron sendos cigarrillos. Marion dio una fumada, escupió para quitarse de la lengua un fragmento de tabaco y exhaló despacio. Agnes esperaba con expectación.

–Bueno, ¡al principio yo no sabía qué estaba pasando! Él estaba borracho perdido, así que estaba tardando más de lo habitual. Él daba botes, arriba y abajo, arriba y abajo...

–Esa parte ya me la sé, ve al grano —la interrumpió Agnes con impaciencia.

–¡Está bien! Bueno, yo estaba pensando para mis adentros, "como este tipo no evacúe pronto, ¡se va a quedar dormido!" Entonces tuve una sensación... me inundó una oleada... ¡como cuando tachas diez números en seguida en el bingo y sabes que se avecina algo bueno! Un escalofrío me recorrió el cuerpo, mis caderas empezaron a agitarse por su cuenta. Cerré los ojos, y fue como una explosión. Vi colores que me estallaban en la mente... ¡como si alguien hubiera encendido unos fuegos artificiales! Mi boca soltó un quejido sin que yo se lo dijera. Él se detuvo y dijo: "Perdona, no quería hacerte daño". Yo casi no podía hablar. "Sigue", le dije como en un susurro, pero él no hizo más que apartarse y dijo: "Ah, tienes razón, tampoco estaba de humor, en todo caso". Se quedó dormido en pocos minutos. Yo me quedé allí acostada, y no sé por qué, pero al cabo de un rato me eché a llorar... no es que estuviera triste ni nada, lloré sin más... qué raro, ¿verdad? ¡Y ya está! ¿Qué te parece?

Agnes estaba boquiabierta. Marion dio otra fumada y volvió a mirar a su alrededor para asegurarse de que no había nadie que pudiera oírlas. Agnes estaba sumida profundamente en sus pensamientos.

–¿Fue aquel el primero o el segundo? —preguntó por fin.

–Los dos... ¡Fueron casi iguales, sólo que en el segundo no lloré!

–¿Se lo contaste a él?

–De ninguna manera, ¿estás de broma? Me habría dicho que tenía lombrices o algo así. En todo caso, si se lo hubiera dicho, ¡se habrían enterado en todos los muelles en menos de nada!

–Sí, tienes razón. ¿Cuánto duraron?

–Sólo un par de segundos... ¡se acabaron en un abrir y cerrar de ojos!

–Jesús, Marion, a lo mejor tuve uno y no me di cuenta, si es verdad que son tan rápidos.

–No, Aggie, créeme: si hubieras tenido uno te habrías dado cuenta, ¡seguro! ¡Bueno, me voy!

Marion agarró los dos tazones y regresó a su puesto. Al cabo de unos segundos se oía por toda la calle Moore su grito familiar: "Tomates macizos, a diez peniques la libra". Agnes se sentó y reflexionó sobre lo que le había contado Marion y el entusiasmo con que se lo había contado. Antes de ponerse de pie para sumar su grito de vendedora a la melodía de la calle Moore, Agnes pensaba: "Bueno, qué jodido, Redser Browne, me has dejado con siete huérfanos sin darme un solo *organismo* a cambio".

6

Toda la variedad imaginable se podía encontrar en los hijos de los Browne. Aunque Agnes los había amado casi por igual y Redser no había hecho caso de ellos por igual, cada uno de ellos había desarrollado una personalidad propia.

Mark, el mayor, a sus catorce años, era el ojito derecho de su madre. Como muchos primogénitos de Dublín, había pasado sus primeros años viviendo con su abuela. A Mark, que era un muchacho grande y fuerte, no le asustaba el trabajo duro. Le encantaba hacer recados y estaba dispuesto a hacer cualquier cosa que él creyera que agradaría a su madre. Mark no pudo tener nunca a su madre para él solo mientras se crió, pues llegaban niños a la casa una y otra vez, año tras año. Él consideraba que esto era normal, y desde los seis años Mark ya cambiaba los pañales a sus hermanos y a su hermana menor y limpiaba lo que ellos manchaban. Habiendo tenido que soportar constantemente las molestias de sus hermanos menores, Mark no había llegado a apreciar nunca a los niños pequeños. Así fue hasta el intervalo entre 1957 y 1964, cuando Agnes no estuvo embarazada, por primera vez en la vida de Mark. Él disfrutó de esta época y le maravillaba ver lo bonita que era su madre sin el abultado vientre que tenía siempre. Después, naturalmente, en septiembre de 1964, llegó Trevor, una interrupción inesperada de la vida de Mark, a quien Mark odiaba antes de que naciera, pero con el que se le caía la baba cuando llegó a casa. Por primera vez, Mark se sintió de verdad como un hermano mayor. Ahora, con la muerte de Redser, Mark tendría que cubrir el puesto vacante de "hombre de la casa". Mark estaba preparado para ello en muchos sentidos.

En El Jarro no había nada parecido a un parque infantil.

No había zonas destinadas específicamente para que los niños acudieran a ellas a divertirse, y la consecuencia era que los niños creaban sus propias zonas y sus propias diversiones. En El Jarro no había parque, y por ello se jugaba futbol en las calles. Se ponían dos montones de abrigos que servían de porterías, y los jugadores estimaban a ojo el área del portero. Naturalmente, cada jugador tenía su propio concepto de la distancia, así que la cuestión de si el portero estaba dentro o fuera de su área suscitaba discusiones muy animadas, e incluso peleas a puñetazos. Después de que Inglaterra ganara la copa del mundo el año anterior y de que Willie, la mascota del mundial, hubiera enfervorizado a los muchachos de Dublín, el futbol llenaba casi todo el tiempo de los niños. Se jugaban partidos en todos los callejones, calles secundarias o calles principales, a todas las horas del día. A Mark le encantaba el futbol, y ahora, a sus catorce años, era capitán del equipo de futbol Sub-15 del City Celtic. Estaba loco por el futbol. Cuando no estaba haciendo alguno de sus trabajos de medio tiempo, Mark se estaba entrenando o estaba jugando futbol. Hasta entonces era toda su vida.

Dermot, por su parte, prefería el boxeo. El párroco local, el padre Quinn, había organizado el Club de Boxeo de El Jarro, o "Los Golpeadores del Callejón", como se llamaban ellos a sí mismos, y Dermot había sido uno de sus primeros miembros. Dermot no era un niño alto, pero era fuerte para su tamaño y tenía un corazón de león. Era uno de los boxeadores estelares del padre Quinn. Dermot tenía fama de gran luchador, dentro o fuera del ring. Hasta los muchachos que tenían algunos años más que Dermot dudaban en enfrentarse a aquel tigrillo.

Frankie no prefería ni el boxeo ni el futbol; le gustaba simplemente andar con los golfos locales, con los alocados. Frankie era uno de esos niños que tenían el arte de meter en líos a todo el mundo, pero sin meterse nunca en líos ellos mismos. Dirigía desde atrás, saliendo siempre de las situaciones delicadas con las manos impolutas, mientras los que lo rodeaban tenían que pagar las consecuencias. Desde su primera niñez, quedó claro que Frankie Browne acabaría siendo millonario o en la cárcel.

En El Jarro, las niñas jugaban a la cuerda o a perseguirse, y practicaban los dos juegos con agilidad sorprendente. En las horas de luz, sólo las niñas jugaban a perseguirse, pero al caer la noche jugaban tanto las niñas como los niños, y el juego era "perseguirse con besos". Las reglas del perseguirse con besos eran sencillas: los niños perseguían a las niñas, y cuando atrapaban a una niña ésta debía besar al niño que la había atrapado. Había niñas que eran unas campeonas corriendo de día y que corrían menos de noche, aunque aquello dependía, por supuesto, de quién era el que las perseguía. ¡Claro que había algunas niñas que podían andar a paso de tortuga sin que las atraparan nunca!

Mark y Dermot eran buenos corredores: los dos eran muchachos guapos y no les costaba ningún trabajo atrapar a cualquier niña que quisieran perseguir. Frankie no jugaba nunca. Prefería pasarse las veladas jugando al póker bajo la farola con los otros tahúres. Era buen jugador de póker y no solía perder, lo cual, como es natural, le quitaba popularidad. A Rory le gustaba jugar a perseguirse con besos, pero se sentía confuso: nunca sabía si perseguir con los muchachos o correr con las niñas. Con frecuencia, solía dejarlo y marcharse a casa para jugar a vestir a sus muñecas.

En todas las familias hay niños que padecen dolencias menores, y, por desgracia para el hermano gemelo de Dermot, Simon, éste las padecía todas. Además de ser tartamudo tenía un ojo vago, con la consecuencia de que cuando Simon jugaba a perseguir con besos, daba la impresión de que miraba para un lado y corría para el otro, y cuando atrapaba a una niña, para cuando era capaz de decir "da, da, da, da, dame un beso", la niña se había aburrido y se había ido. Para resolver el problema de su ojo vago, el oftalmólogo de la clínica había dado a Simon unos lentes con un parche de cuero en uno de los cristales, pero en vez de enderezársele el ojo, ahora Simon torcía la cabeza hacia un lado, dando la impresión de que era duro de oído, aunque no lo era. Cuando Simon iba a la tienda del barrio para hacer un mandado a su madre, y el dependiente le preguntaba qué deseaba, él torcía la cabeza hacia un lado y tar, tar, tar, tartamudeaba lo que quería. Simon se pasó su primera niñez soportando que los dependientes le vociferaran y le hablaran por señas, porque lo tomaban por sordo.

Cathy era la única niña de la familia, y, a diferencia de

muchas niñas solas de familias numerosas, Cathy no era una marimacho. Era delicada, agradable y enormemente bonita, aunque le faltaba un poco de imaginación. La imaginación se la proporcionaba su mejor amiga, otra Cathy, Cathy Dowdall. Era Cathy Dowdall la que tenía las ideas, como la que se le había ocurrido de pedir puerta por puerta para una corona de flores para la difunta señora Smith. El hecho de que la señora Smith gozara de buena salud no preocupaba a Cathy Dowdall. Las dos niñas recogieron dos libras y diez chelines y estuvieron dos semanas pasándosela en grande.

Éstos eran los hijos de Agnes y del difunto Redser Browne. Por ser familia numerosa estaban todos muy unidos. En casa se peleaban como el perro y el gato y se insultaban, pero fuera de la casa estaban unidos como lapas. La norma de la familia Browne era: "El que pega a uno, pega a siete". Desde el 29 de marzo y el fallecimiento de Redser habían cambiado pocas cosas en casa de los Browne. La casa estaba, incluso, menos tensa, y durante un breve tiempo los niños disfrutaron de ser los "pobres huerfanitos" de El Jarro. Pero aquello duró poco y la vida volvió a aproximarse lo más posible a la normalidad. En aquel barrio que afrontaba las tragedias día a día, la compasión duraba poco tiempo.

–¡Mamá! —gritó Dermot mientras irrumpía en el departamento. Mami —volvió a gritar, entrando rápidamente en la cocinilla. Agnes estaba sentada ante la mesa de la cocina, con Trevor en su regazo. Trevor estaba comiendo pan y azúcar empapados en leche caliente (una mezcla llamada goodie en el barrio), que era su desayuno. Dermot se quedó plantado ante ella con una expresión de angustia en el rostro, con las piernas muy juntas y con una mano plantada firmemente en el trasero. Se retorcía.

–¿Qué te pasa, cielo? —le preguntó Agnes.

–Que se me sale la caca.

–Bueno, ¿para qué me lo cuentas? ¿Es que tengo cara de recogedora de caca? ¡Ve al baño y haz caca!

–Mark está allí.

–Bueno, pues dile que salga... ¡Mark! —chilló. ¡Sal de ese baño y deja hacer caca a tu hermano!

No hubo respuesta.

–¡Mark! —volvió a gritar Agnes. Tampoco hubo respuesta.

–Lleva siglos ahí metido, mami, no quiere salir —exclamó Dermot.

Agnes se puso de pie.

–Toma, Rory, da de comer a Trevor.

Salió al rellano donde estaba el baño, seguida de Dermot, que ya se apretaba el culo con tanta fuerza que sólo se le veía el pulgar. Cuando llegó a la puerta del baño escuchó primero antes de golpearla.

–Mark, ¿estás ahí?

Pareció por un momento que no habría respuesta, y después sonó un "sí" muy apagado.

–Bueno, pues sal, tu hermano está aquí sufriendo... y si se caga en esos pantalones, haré que te los pongas tú mañana.

Se oyó un ruido metálico y se abrió un resquicio de puerta. Aquello fue suficiente para Dermot, que entró apresuradamente con los pantalones bajados hasta media pierna. Cuando Mark no había terminado de cerrar la puerta a su espalda ya se oyó un suspiro de alivio de Dermot. Mark, con los ojos bajos, pasó por delante de su madre y se fue directamente a su dormitorio, cerrando la puerta a su espalda. Agnes lo siguió hasta la puerta, y cuando ésta se cerró ante ella se quedó de pie un momento, pensativa.

–¿Qué le pasa? —preguntó a nadie en especial.

Simon se limitó a mirarla y encogerse de hombros. Rory estaba demasiado ocupado terminando de meter a Trevor el goodie.

–A lo mejor tiene lombrices —aventuró Cathy.

–No seas asquerosa, tú —dijo Agnes.

–A la gente les salen lombrices en la caca, mamá, Cathy Dowdall me lo ha dicho, y tienen kilómetros de largo.

–Déjate de hablar de lombrices, y no vayas con esa Cathy Dowdall. Es una mala compañía. ¡A los Browne no les salen lombrices, y basta!

Todo volvió a quedar en silencio. Agnes llamó suavemente a la puerta del cuarto del muchacho.

–¿Mark...? ¿Mark...? ¿Mark...?

–Ay, mami, pareces un perico —anunció Dermot mientras volvía a entrar en el departamento, con aspecto de estar muy aliviado.

Agnes le lanzó una cachetada.

–Te voy a dar yo un perico. ¿Qué le dijiste a tu hermano?

–¿Yo? No le dije nada.

–Debes de haberle dicho algo —insistió Agnes.

–Le dije esto: "Anda, Mark, que se me sale la caca", nada más.

–Entonces, ¿por qué está deprimido?

–No es por mí, es por su piri —anunció Dermot. Los demás niños soltaron risitas.

–¿Por quién? ¿Quién es esa Piri? ¿Ha tenido Mark una pelea?

Cuando dijo esto, todo el grupo estalló en risas, y hasta Trevor se sumó a ellas. A Rory se le puso la cara de color carmesí, y Simon tenía lágrimas en los ojos.

Agnes se puso furiosa.

−¡Ya basta! —gritó. La risa se apagó de pronto, pero los niños reventaban por dejarla salir. Pero viendo a su madre tan enojada, todos la contuvieron admirablemente.

Agnes les miró a las caras. Cuando le pareció que todos le prestaban atención plena, siguió con su razonamiento.

−Ahora uno de ustedes va a decirme dónde puedo encontrar a esa Piri.

Las mejillas se hinchaban, las lenguas se mordían y las lágrimas rodaban por la cara de Simon, quien, aunque no profería ningún sonido, tenía sacudidas de risa contenida. Los niños creyeron que iban a aguantar, hasta que Agnes anunció:

−Cuando me la encuentre, la voy a ahogar.

La explosión de risa se oyó en todos los pisos y en todas las viviendas de aquel edificio del callejón James Larkin. Dermot salió corriendo del edificio, dando aullidos de risa. Rory se puso histérico, hasta tal punto que Trevor se echó a llorar del susto. Cathy salió por la puerta siguiendo a Dermot y Simon enterró la cara en un almohadón del sofá.

Agnes recogió a Trevor con un brazo. Con el otro agarró la cuchara que había estado usando Rory para dar de comer al niño y dio con ella a Rory un cate en la cabeza. Simon, que casi había dejado de reir, volvió a soltar la carcajada. Agnes fue al armario y sacó el abrigo del pequeño. Después de acallar los lloros del niño metiéndole un chupón, le puso el abrigo y se dirigió a los otros dos.

−Ahora pueden llevarlo de paseo. Rory, baja tú el cochecito por la escalera y tú, Simon, llévalo a él.

Entregó el niño a Simon. Después, fue hacia su bolsa y extrajo de ella su monedero. Dio algo de dinero a Rory.

−Tráeme algo de detergente Tide y una libra de galletas quebradas. Ahora, ¡largo!

Los dos niños salieron corriendo por la puerta, y mientras bajaban hacia la calle, Rory dijo algo a Simon y la risa comenzó de nuevo.

Agnes cerró la puerta de un portazo.

–Los pequeños desgraciados: ¡se mueren de risa a mi costa! —dijo en voz alta. El departamento se había quedado tan silencioso como una carnicería en viernes. Agnes fue a la radiogramola y puso un LP, de Tom Jones, naturalmente. Volvió a la puerta del dormitorio y estuvo a punto de llamar, pero optó por dejarlo; Mark ya saldría cuando quisiera. En vez de ello, se puso a ordenar el departamentito y a quitar el polvo, flotando por la habitación sobre las olas musicales que le traía la voz de Tom. Abrió el armario para guardar el plumero cuando Tom empezaba una canción suave y lenta. Se quedó parada un momento con la puerta del armario abierta y se imaginó lo que sería estar casada con Tom: aquellos ojos brillantes y chispeantes, aquella sonrisa constante, el pelo negro como el carbón que le caía por la cara bronceada mientras ella le revolvía el flequillo. Sin darse cuenta, estaba pasando la mano por los flecos grisáceos del trapeador que estaba puesto boca arriba. Cuando se dio cuenta, soltó una risita para sus adentros y dijo al trapeador: "Ay, perdona, Tom", y con un rápido movimiento de la mano apartó el "flequillo" de los "ojos" del trapeador, lo sacó del armario y se puso a "dar bandazos" por la habitación. Cerró los ojos. De pronto, estaba en el salón de baile del hotel Savoy de Londres. Tom acababa de recoger un premio más, el premio al cantante más guapo, más genial y más cariñoso del universo. Había dado las gracias al público y había bajado del escenario. Recorría la multitud apretada y se detenía junto a la mesa donde estaba sentada Agnes. Sin decir nada, dejaba el premio en la mesa y tendía la mano a Agnes. Ella se ponía de pie con coquetería, y mientras saltaban los destellos de los fotógrafos y giraban las luces, Tom se ponía a cantarle suavemente al oído. La multitud se apartaba y, solos en la pista de baile, Agnes y Tom eran la pareja del siglo, flotando por la pista de baile.

Si en aquel momento hubiera entrado un desconocido en el departamento, habría visto a una mujer atractiva, de pelo negro, sonriente, que se movía lentamente en círculos, abrazando un trapeador húmedo y desgreñado. No se le podría haber culpado si le hubiera parecido conveniente llamar al manicomio. Aquello fue lo que vio Mark desde la puerta del dormitorio. La música cesó y Agnes abrió los ojos y vio a Mark. Sintió sorpresa y vergüenza a la vez.

–Dios mío, qué susto me diste —murmuró, y fue rápidamente al armario, dejó el trapeador en su sitio y cerró las puertas. Mark no se movió.

Agnes se sentó junto a la mesa de la cocina.

–Siéntate, Mark —dijo con suavidad. Él se sentó hoscamente, deslizándose sobre la silla. ¿Estás bien, cielo? Pareces tan alterado... Cuéntame de qué se trata y, desde luego, a lo mejor te puedo ayudar. ¿Tienes algún problema?

–Sí —respondió él con la cabeza baja.

–Bueno, cuéntaselo a tu mamá. Vamos, cielo. ¿Qué clase de problema es?

–Es un problema de piri.

–Y ¿quién es Piri?

–Mi piri.

–¿Qué quieres decir con *tu* piri? ¿Es una amiga tuya?

Mark levantó la vista y miró a su madre. Tal vez se estuviera volviendo loca de verdad.

–¡Mi pirinola! Con la que hago pipí —dijo, señalándose ahora los pantalones.

Agnes sintió pánico. Se levantó de la mesa de un salto y encendió el gas bajo la tetera. Parecía buena idea tomarse un té. A ella no le había pasado nunca por la cabeza que pudiera tener que explicar a sus hijos para qué más cosas servía una pirinola. Dando la espalda a Mark, dijo con calma:

–Ya veo...

Volvió a sentarse.

–Y, eh... ¿cuál es el problema? ¿Te arde?

–No —respondió Mark, sin dar los detalles que había esperado Agnes.

–¿Te pica? —preguntó, sin saber por qué hacía una pregunta tan tonta, pero seguramente con la esperanza de que Mark tomara la iniciativa y empezara a explicarse.

–No —respondió. Tampoco esta vez dio más detalles.

–Bueno, dímelo. Dile a tu mamá que... qué le pasa a tu pirinola.

–Le están saliendo pelos.

Mark había vuelto a bajar la cabeza, y daba la impresión de que estaba hablando a su pirinola.

–¿Eso es todo? No tiene importancia hijo —dijo Agnes,

aliviada. Bastaría con una respuesta sencilla para aclararle las cosas. Eso le pasa a todos los muchachos de tu edad. Así es como se empieza a convertirse en hombre. A todos los muchachos les sale pelo en la pirinola.

Agnes sonreía al hablar y Mark la miraba. Tenía una expresión de alivio. Agnes estaba satisfecha de sí misma, pensó que era una "mujer moderna". Su hijo le había hecho una pregunta muy íntima, y ella había sido capaz de responderla sin problemas. Entonces llegó la temida segunda pregunta:

—¿Por qué?

Agnes reflexionó. La mujer moderna diría en este caso: "Se llama pubertad... pronto se te pondrá erecto el pene, y tendrás por la noche sueños que harán que tu pene emita un líquido denso y cremoso. Se llama semen, y es lo que fertiliza el óvulo en las trompas de Falopio de la mujer y así se hacen los niños".

Agnes miró a la cara de su niño mayor. Sus ojos esperaban la respuesta de ella. La mujer moderna salió por la ventana.

—Es para que tengas caliente la pirinola cuando vayas a nadar.

Saltó hacia la tetera que despedía vapor y dijo por encima del hombro:

—¡Ahora lárgate!

8

Era ayuntamiento, centro social, centro de esparcimiento y lugar de debate político, todo a la vez. Para los cerca de dieciséis mil habitantes de El Jarro, el Salón Selecto y Bar Foley era el centro del universo. Los Foley eran una familia de campo. P. J. Foley había pasado su infancia en la granja lechera de su padre, en el condado de Meath. Su hermano J. J. y él se habían criado llevando implantado en las fosas nasales el olor a estiércol y al jabón desinfectante que usaban para lavar las ubres de los animales antes de ordeñar. Su padre, el viejo P. J., era conocido por todo el condado como "el tipo más salido que ha respirado jamás". A todo el mundo le sorprendió que Dolly Flannigan se casara con él, pero a nadie le sorprendió que ella empezara a andar como John Wayne. Todo el pueblo hacía especulaciones sobre cuánto tiempo tardaría Dolly en andar como el caballo de John Wayne.

Pero el destino tiene sus cosas, y Dolly Foley, de soltera Flannigan, siempre había tenido bastante suerte. Poco después de que Dolly diera a luz a su segundo hijo, J. J., el viejo P. J. se encontraría en muy mal sitio cuando una de las cuarenta vacas lecheras de su rebaño soltó una coz digna de Bruce Lee. En la operación subsiguiente, el viejo P. J. perdió los dos testículos y la posibilidad de emplear su pene para cualquier cosa que no fuera evacuar la vejiga. Dolly dijo que, desnudo, parecía "una mujer que estuviera guardando un chicle a alguien". El viejo P. J. se dio a la bebida, y Dolly y los muchachos llevaban la granja lechera. A todos les saltaba a la vista que el hijo menor, J. J., era un granjero nato, y si bien P. J. arrimaba el hombro, no tenía pasión por aquel trabajo. Cinco días después de que P. J. cumpliera los veintidós años, encontraron a su padre muerto de congelación en medio del prado. Estaba desnudo de cintura para abajo, y algunos vecinos declararon que habían oído aquella noche gritos que decían: "¿Es esto un pito o qué es?", mientras corría entre el rebaño de vacas que coceaban. ¡No hubo sospechas de violencia!

La granja pasó a manos de Dolly y de sus hijos, y tanto P. J. como J. J. quedaron satisfechos con el acuerdo de que J. J. se quedaría con la granja y P. J. recibiría la suma de 10,000 libras como compensación plena y definitiva. Así, diciendo las palabras inmortales: "¡Que se joda esto, yo me largo!", P. J. Foley se subió en 1958 a un autobús camino de Dublín para hacer fortuna. Compró por 4,500 libras el local ruinoso de la calle James Larkin, en El Jarro, se gastó otras 1,500 libras en mobiliario y en poner linóleo nuevo, y contempló con orgullo cómo el pintor daba los últimos toques al letrero que decía: "P. J. Foley, Salón Selecto y Bar". Durante los doce años siguientes no cambió gran cosa ni la parroquia ni la decoración. P. J. Foley prosperó gracias a la clientela fija local. Su hermano J. J. se convirtió en pionero del Programa de Inseminación Artificial de los años sesenta, y tenía tal ojo para los toros donantes de calidad que ganó fama de ser "el mejor mamporrero de toros del país", título del que habría estado orgulloso su padre castrado.

Además de un negocio de éxito, P. J. Foley encontró también en El Jarro al amor de su vida: Monica Fitzsimons, una fogosa muchacha pelirroja y pecosa de la ciudad de Limerick. Pasaron tres años de noviazgo y se casaron en Limerick. Entre los parroquianos que hicieron el viaje para ir a la boda se contaban Agnes Browne y Marion Monks. A Agnes le caían bien tanto P. J. como Monica, aunque desconfiaba un poco de P. J. No estaba segura de que éste no hubiera heredado parte de las dotes de su padre, y procuraba con mucho cuidado no animarlo.

Agnes se dejaba caer por el bar de Foley unas tres o cuatro veces por semana, y siempre la noche de los viernes, cuando Marion y ella se bebían un par de copas después del bingo. P. J. tiraba y servía la primera ronda de cada viernes por la noche, a la que siempre les invitaba la casa. Aquel viernes en concreto no fue ninguna excepción.

—Ahora, muchachas, una botella de sidra y un vaso de guinness con grosella —anunció, depositando los vasos en la mesa del reservado.

–Que Dios se lo pague, señor Foley —respondió Marion.

–Bueno, ¿ha habido suerte esta noche? —preguntó él.

–Ni pizca —exclamó Agnes. ¡Señor Foley, el día que llueva sopa, yo seré la que llevaré un tenedor!

Los tres se rieron.

–Aun así supongo que sólo van a pasar el rato, ¿eh?

–Y una mierda —respondió Agnes, y los tres volvieron a echarse a reir. P. J. pasó el paño por la mesa, más por costumbre que para limpiarla, y dejó a las dos mujeres para que pudieran charlar a solas.

Las charlas de la noche del viernes eran importantes para las mujeres. Sus temas eran múltiples y variados: desde cómo iban en la escuela los hijos de Agnes hasta quién se acostaba con quién en el barrio. Aquella noche empezaron con una discusión sobre si los curas del Salón de San Antonio estaban manipulando el bingo. Después de varias especulaciones, las mujeres llegaron a la conclusión de que lo único que pasaba es que tenían una racha de mala suerte.

–De poco te sirve tu ritual de las mañanas —dijo Agnes.

–¿Qué quieres decir?

–Tú... que todas las mañanas gritas en la puerta de la iglesia: "¡Buenos días, Dios, soy yo, Marion!" —suspiró Agnes.

–Ay, vamos, Agnes, eso no tiene nada que ver con el bingo.

–Aun así, cabría pensar que después de gritarle todas las mañanas, Él te enviaría algún bingo de vez en cuando.

–Ay, vamos, Agnes, Dios tiene cosas mucho más importantes que hacer como para preocuparse por mis números del bingo.

–Ay, ya lo sé, Marion, ¡sólo te estaba haciendo una broma!

Hubo una pausa en la conversación. Las dos mujeres bebieron un trago y echaron una mirada por el bar. Marion sacó dos cigarrillos y las dos se pusieron a fumar. Agnes vio a un par de muchachos del mercado de pescado y les dirigió un saludo con la mano.

–¿Quiénes son? —preguntó Marion.

–El Pinzas y el Arenque, de la pescadería —respondió Agnes.

–Parecen bastante guapos —comentó Marion.

–Ah, lo son. Unos muchachos guapos... un poco aloca-dos, pero son buenos muchachos.

–¿No te invita nunca a salir ninguno?

–¿Quieres dejarte de tonterías, Marion? ¿Es que quieres que me acusen de secuestrar recién nacidos?

–No lo digo por éstos... cualquiera de los hombres de ahí abajo.

–Algunos sí... pero, Jesús, Marion, a mí no me preocupa, no me preocupa.

–Bueno, estás loca. Por Dios, Agnes, todavía eres joven. Podrías volver a casarte... Deberías.

–Marion, no me jodas. ¿Quién sería el héroe dispuesto a cargar con siete hijos? Y, en todo caso, no estoy segura de tener ganas. Que Dios lo tenga en su gloria pero ¡te juro que he vivi-do mejor desde que se murió Redser, vaya que sí!

–Ay, necesitas un hombre.

–¡No!

–Todas lo necesitamos.

–Bueno, pues yo no, ¡con *organismos* o sin *organismos*, yo no!

Esta afirmación introdujo una nueva pausa en la conver-sación. Fue Agnes la que rompió el silencio.

–¿Has tenido más?

–Sabía que me lo ibas a preguntar. No debí habértelo contado.

–Sólo te lo pregunto. No quiero que me cuentes los de-talles escabrosos de tu vida amorosa. Sólo... me interesaba, eso es todo.

Hubo otra pausa, una fumada al cigarrillo, una ojeada alrededor, un trago, y después Agnes miró a la cara a Marion.

–Bueno, ¿los has tenido?

–No. Me estoy cuidando.

–¿Con sólo dos? ¿Por qué?

–No me encuentro bien desde que los tuve... y me está saliendo un bulto.

–¿Un bulto? ¿Qué clase de bulto? ¿Dónde?

Marion se sonrojó ligeramente. Echó una ojeada furti-va por la sala para asegurarse de que nadie estuviera prestando una atención inoportuna a la mesa de ellas. Cuando estuvo segura, se abrió el abrigo y apoyó el dedo izquierdo en un punto entre el pecho derecho y la axila.

—Aquí mismo.

Cerró rápidamente el abrigo, agarró su vaso de cerveza negra y mientras bebía de él volvió a mirar por la sala para asegurarse de que no las miraba nadie.

—¿En el seno? —le preguntó Agnes, horrorizada.

—Chist, Agnes, caray, ¿es que quieres poner un anuncio en el maldito periódico?

—Perdona... ¿en el seno?

La voz de Agnes había caído al nivel de un susurro ronco.

—Sí.

—¿Qué te ha dicho el doctor Clegg que era?

—Todavía no he ido.

—¿Por qué no?

—Porque si este bulto es consecuencia de que yo haya tenido esos *organismos*... me pondría colorada, por eso.

—No seas tonta, es médico, sabe todo de los *organismos*. No le molestará.

—¿Eso crees?

—Estoy segura. Pediremos a Annie la Gorda que cuide de los dos puestos y yo bajaré contigo.

—¿Lo harás, Agnes? ¡Ay, qué gran amiga eres! Te digo que lo tengo adolorido. Algunos días apenas puedo levantar el brazo.

—Seguramente es un quiste, ¡eso será!

Agnes parecía segura.

—Sí, seguramente —dijo Marion, aliviada.

—¿Señor Foley? Otra ronda de lo mismo, por favor, y dos bolsas de cacahuates.

9

La vida iba a más para Mark, y su interés por las muchachas empezaba a dominar sus horas de vigilia y de sueño. El interés de Rory, no obstante, lo confundía. Lo que más le gustaba de las muchachas eran sus ropas, el tacto de las medias de nylon, y anhelaba probarse su maquillaje. En la escuela, los demás niños lo llamaban "mariquita", pero no se lo decían a la cara. Todos los demás niños sabían que Rory, "mariquita" o no, seguía siendo un Browne, y uno no se metía con los Browne.

Pero la que no gozaba de esta protección, al menos directamente, era Cathy, pues era la única niña Browne que iba a la escuela de niñas. Asistía a la Escuela de Niñas de la Madre de la Divina Providencia, en la calle Ryder. Era una escuela estricta, dirigida por monjas. Cathy era una niña lista para sus diez años. Además, sus compañeras de clase la apreciaban. Cathy era muy bonita. Su pelo negro como el azabache, que le llegaba a los hombros, tenía siempre brillo, como también lo tenían sus grandes ojos castaños que apenas eran visibles bajo el flequillo que siempre tenía que estarse apartando. De hecho sería este peinado lo que conduciría al incidente que más tarde se llamaría "el caso del flequillo y la monja".

Aquel día, lunes, había empezado mal para Cathy. Se despertó al oir a Mark decir en voz alta que eran las ocho. El sol cálido de junio irrumpió en la habitación cuando Mark retiró las cortinas.

—Levántate, Cathy —gritó Mark.

—Ya me levanto, ya me levanto —respondió ella con voz soñolienta, intentando enterrarse bajo las mantas.

—No te estás levantando: ¡levántate ya! —dijo él, quitándole las mantas de un tirón y dejándola tendida en camisón en la cama vacía.

–Ay, Marko —exclamó Cathy.

–¡Nada de ay! Anda ya, Cathy, levántate.

Mark se aseguraba de que todos se hubieran levantado antes de salir él camino de la escuela. Él llevaba en pie desde las cinco de la madrugada con su madre, como todos los días. Hacía su recorrido de repartidor de leche con Larry Boyle de cinco y cuarto a seis y media, y después iba a la tienda de McCabe. Allí recogía cincuenta periódicos y hacía corriendo su recorrido de repartidor de periódicos, para llegar otra vez al departamento hacia las siete y media, desayunar unas gachas de avena y hacer levantar a los demás, antes de salir camino de la escuela a las ocho y cuarto. Aunque la escuela estaba a sólo diez minutos, tenía que salir con tiempo para dejar a Trevor en casa de su abuelita Reddin en la calle Sean McDermott. La abuelita Reddin cuidaría del niño de tres años hasta que la señora Browne lo recogiera por la noche.

Cathy revolvió el cajón de la ropa interior. ¡No había calzones! Revolvió el cajón de los muchachos: mamá solía dejar allí bragas por error. ¡Caray! No había calzones. Salió al baño. El tendedero estaba lleno y, en efecto, había en él un par de calzones, pero estaban húmedos. Se quedó parada un momento rascándose la cabeza. Hoy me toca llevar unos piquitos, pensó. Los piquitos eran unos calzones de su madre, con lo que sobraba recogido por delante y sujeto con un alfiler para pañales. Esto servía para que los calzones no se cayeran ni se aflojaran. Aquello tenía un aspecto horrible pero daba resultado, y le servía para tener caliente el culo.

Después de comerse una tostada, Cathy salió camino de la escuela con sus piquitos. Sorteó el tráfico de las primeras horas de la mañana en el centro, y en la esquina de la calle de la Catedral se reunió con su prima Ann Reddin. Las dos se dirigieron entonces a la calle Moore y al puesto de Agnes. A Cathy le gustaba pasar por allí todas las mañanas, camino de la escuela. Agnes tenía preparado el "almuerzo" de su hija: un emparedado de mermelada de fresa y una pieza de fruta. Le pasó revista y se despidió de ella. Cathy se comería la fruta en su primer recreo, y el emparedado en el recreo "grande", cuando recibiría la botellita de leche gratis, entregada por el Estado, para bebérsela con él.

En vista de que hacía algo de sol, las hermanas habían apagado la calefacción y el aula estaba algo fría cuando Cathy y sus treinta y dos compañeras de clase se pusieron de pie para recitar el avemaría en irlandés. Después del "amén", todas dijeron la señal de la cruz en voz alta y se sentaron. La profesora, la hermana Magdalen, se puso a borrar el pizarrón. El polvo de gis se levantó y brilló durante unos momentos bajo los rayos de sol que entraban por las cuatro largas ventanas de dieciséis paneles cada una. La hermana Magdalen se puso a escribir en el pizarrón.

Cathy, como tenía por costumbre, apoyaba la cabeza en una mano y miraba por la clase, soñadora. Alrededor de la Proclamación de la Independencia Irlandesa enmarcada estaban los retratos de los firmantes. Murieron por nosotros, pensaba Cathy. Había también un crucifijo enorme, del que colgaba un Jesús triste, de cuyo costado herido por la lanza manaba la sangre. También él murió por nosotros, pensó ella, preguntándose si habría alguien que hubiera vivido por "nosotros". Había cuatro retratos a lo largo de la pared este, que no tenía ventanas. El más próximo al interruptor era John F. Kennedy. Había muerto. Ella se preguntó si había muerto por "nosotros", o si había muerto sin más. Junto a él estaba el papa Juan XXIII, quien había sido, según la hermana Magdalen, un hombre bueno, con buenas intenciones. Después estaba el primero de los que vivían: Éamon de Valera, presidente de Irlanda. Cathy solía pensar que ser presidente de Irlanda debía de ser un trabajo espantoso, pues el señor De Valera siempre tenía cara de desdichado. ¡Se alegraba de ser niña y de no tener que preocuparse nunca de llegar a ser presidente! El último retrato era el del arzobispo McQuaid, un hombre temible, un hombre que tenía en sus manos las llaves del cielo y el poder del infierno. Cathy se estremeció. Dos semanas más tarde se confirmaría y se encontraría cara a cara con el arzobispo McQuaid. Le tenía terror. Si él le hacía una pregunta del catecismo, y ella no sabía la respuesta, la expulsaría de la iglesia y ella quedaría condenada para siempre. Se quitó de la cabeza esa idea y miró el pizarrón. En él estaba escrita la palabra "médico" en grandes letras mayúsculas. La hermana Magdalen habló.

–El médico les hará hoy a todas un reconocimiento general. No obstante, no vamos a permitir que eso interrumpa nuestras lecciones ni la preparación de todas ustedes para el Santo Sacramento de la Confirmación. Saldrán del aula en grupos de cinco. Pueden desnudarse en el vestidor hasta quedarse sólo con los calzones, y después esperarán en silencio sentadas en los bancos que están fuera de la sala de té hasta que las llamen. No deben... ¡escuchen bien! NO deben hablar. Cuando hayan terminado con el médico, se vestirán y volverán a clase rápidamente y en silencio, ¿está claro?

Las niñas dijeron a coro: "Sí, hermana Magdalen". Pero Cathy no participó en el coro. Se había quedado pálida. ¡Desnudarse!, pensó presa del pánico, ¿desnudarse hasta quedarse en bragas? La cabeza le daba vueltas. El alfiler para pañales que le sujetaba los calzones de su madre le pesaba como un ancla. Empezó a sonrojarse. Las manos le empezaron a temblar. Miró fijamente el crucifijo: "Por favor, Jesús, ayúdame, no me hagas quitarme la ropa... por favor, Jesús, haz algo".

La hermana Magdalen volvía a hablar.

–Ustedes cinco irán primero, y después seguiremos en sentido inverso al de las agujas del reloj.

Estaba señalando a la fila de pupitres más próxima a la puerta. Cathy contó los asientos en grupos de cinco hasta donde estaba sentada ella. Iría en el cuarto grupo. Tenía que ganar tiempo: tenía que conseguir un asiento que la dejara en el último grupo. Así tendría la oportunidad de escaparse durante el recreo "grande", que duraba treinta y cinco minutos. Sería tiempo suficiente para volver a su casa, quitarse los piquitos y ponerse sus propios calzones, que ya estarían secos. Aunque no lo estuvieran, ¡sería mejor llevar unos calzones húmedos que la llamaran "Calzones Flojos" durante el resto de su vida escolar, y después!

Se puso en acción en el recreo de las once de la mañana. Durante la pausa de diez minutos abordó a las trece niñas que irían en los tres últimos grupos. Les ofreció su fruta, su emparedado y su leche, pero en vano. A las once y cuarto estaba de vuelta en clase, en el mismo asiento donde había comenzado la jornada. La hermana Magdalen había mandado a las niñas que sacaran el catecismo, y empezaron a estudiar en forma las respuestas a las preguntas del arzobispo McQuaid. A las once y veinte sonó un golpecito suave en la puerta. La hermana Magdalen atravesó el aula, mientras se balanceaba el crucifijo que le colgaba de la cintura, y abrió la puerta. Sonó a continuación un murmullo a través de la puerta entreabierta, y la buena hermana volvió a entrar en el aula y anunció:

—Muy bien, niñas, el médico está preparado para recibirlas. Las del primer grupo, ¡en marcha!

Las cinco primeras víctimas se levantaron despacio. Era casi como si fueran al patíbulo. Se apiñaron juntas y salieron en fila por la puerta. La lección prosiguió.

—¿Quién es Dios? —preguntaba la hermana Magdalen con voz sonora.

—Dios es nuestro Padre, que está en los cielos, Creador y Señor de todas las cosas —entonaron todas como respuesta.

Cathy miraba el reloj. El tiempo iba pasando.

—¿Qué es la Santísima Trinidad? —preguntó con voz sonora la hermana Magdalen, señalando esta vez a Cathy con su dedo largo y pálido. Cathy se puso de pie.

—Tres personas...

—Calle.

—...Distintas...

—¡He dicho que calle! ¡Cathy Browne!

Cathy se calló y miró a la profesora a través de su flequillo. La monja caminó despacio hacia ella.

—¿Cuántas veces tengo que repetírselo?

Echó a Cathy una mirada feroz. Cathy no sabía responder a esta pregunta. La monja sacó bruscamente los brazos de debajo de su pechera y los extendió como si estuvieran a punto de clavarla a la cruz.

—¿Le parezco un loro?

Cathy estuvo tentada de responder: "No, hermana, un pingüino", pero comprendió que no debía.

—Le he preguntado, señorita Browne, si parezco un loro.

—No —murmuró Cathy.

—¿Cómo dice?

—No, hermana Magdalen —dijo Cathy, hablando más fuerte.

—Bien. De modo que sabe que no tengo intención de decirle todos y cada uno de los días que se quite ese pelo de los ojos, ¿verdad?

—No, hermana Magdalen.

—¡Bueno, pues hágalo! —chilló la hermana, y toda la clase dio un respingo.

Cathy se llevó la mano a la frente y, con una sacudida de la cabeza, el pelo se apartó y dejó al descubierto sus ojos hermosos, pero ahora asustados.

La hermana sonrió.

—Bien. Ahora, ¿qué es la Santísima Trinidad?

—Tres personas distintas y un solo Dios verdadero: Dios Padre, Dios Hijo y Dios Espíritu Santo.

La puerta se abrió y volvieron las cinco primeras víctimas.

—Siéntese, señorita Browne —dijo la hermana Magdalen, apartándose de Cathy. Cathy se sentó, y el flequillo volvió a caerle. Miró el reloj: las once cuarenta.

Dios, pensó, veinte minutos: ¡no es tiempo suficiente! A ese paso, Cathy tendría que desnudarse antes del recreo grande. "No te asustes —se dijo a sí misma—, puede que el grupo siguiente tarde más." No tardó más. Volvieron al aula antes de las doce. El tercer grupo regresó a las doce y dieciséis minutos. Había llegado el momento. El grupo de Cathy se levantó. Ella temblaba al salir. El pasillo estaba vacío y las cinco se dirigieron sin decir palabra al vestidor para desnudarse. Cathy se desabrochó las correas de cuero de sus sandalias y empezó a quitárselas despacio. El aliento le salía en cortos jadeos. Cuando se estaba quitando los calcetines empezaron a acumularse las lágrimas en sus ojos. De pronto, entró en el vestidor una mujer. Era una mujer bonita; no era una modelo de revista pero era bonita. Para Cathy fue un ángel, pues dijo:

—Lo siento, niñas, el médico se va a almorzar, así que vuelvan a su clase y serán las primeras después del almuerzo.

Cathy fue la primera que terminó de vestirse. Volvió al aula y, mientras una del grupo explicaba a la hermana Magdalen lo que había pasado, Cathy miró fijamente al Jesús gigante pero triste y susurró: "Gracias".

El patio de la escuela estaba lleno de chillidos y de gritos mientras las doscientas y pico de niñas disfrutaban del recreo grande. En el centro del patio giraba una cuerda y un grupo de niñas cantaba: "Abajo, en el valle, donde crece la verde hierba". Éstas eran las niñas de tercer curso. Las niñas de cuarto y de quinto curso jugaban a la pelota en la pared del cobertizo de las bicicletas, cantando: "Un poco de pasta basta", mientras que las niñas de sexto curso soltaban risitas y hablaban de los niños de sexto curso y de quién se besaba con quién. Cathy Browne no prestaba ninguna atención a nada de esto mientras planeaba su huida detrás del cobertizo de las bicicletas, con su prima Ann como única camarada.

–¿Por qué tienes que ir a tu casa? —le preguntó Ann.

–Tengo que ir, eso es todo. Ahora, ¿quieres agacharte?

Ann se agachó junto a la verja para servir a Cathy de escalón para subir. Cathy estiró la pierna hacia arriba y se agarró a la verja.

–A la una, a las dos y a las...

Cathy se cayó porque Ann se había vuelto a incorporar.

–Pero si te atrapan, te matan —le anunció Ann.

–¡Ann Reddin, como no te agaches y te quedes agachada, te doy tal patada en el trasero que el zapato te saldrá por la boca!

Cathy estaba enojada. Ann se agachó.

Pero Ann seguía hablando aun mientras Cathy estaba de pie en su espalda.

–Si te atrapan, será mejor que no me metas en esto —gruñó mientras Cathy se levantaba de su espalda y escalaba la verja. Apenas había tocado Cathy el suelo con los pies cuando se puso en marcha, corriendo a toda velocidad hacia su casa. Al cabo de diez minutos estaba en el rellano ante el departamento. Abrió el buzón de la puerta y pescó el hilo de lana azul que colgaba de él. Fue tirando del hilo de lana y la llave llegó poco a poco hasta la abertura. Metió rápidamente la llave en la cerradura y abrió la puerta. Fue corriendo al fregadero. ¡Los calzones estaban secos! Se los puso rápidamente, dejando a un lado los piquitos, y al cabo de menos de dos minutos ya bajaba a saltos las escaleras hacia la calle.

Cathy llegó de nuevo a la escuela, jadeante y sudorosa. Las niñas seguían en el patio. ¡Lo había conseguido! ¿O no? No tenía modo de volver a entrar. ¿Cómo podía haber sido tan tonta? Se escondió en la puerta de la carnicería que estaba junto al portón principal de la escuela: un portón cerrado. La única persona que tenía llave de ese portón era la directora: ¡su maestra, la hermana Magdalen! Un coche pasó lentamente ante ella y se detuvo ante la puerta. El coche, de color vino, estaba bruñido y relucía al sol de la tarde. Un hombre se bajó del coche. Era el médico. Se metió la mano en el bolsillo y sacó una llave. Cathy vio un rayo de esperanza. Se agachó y corrió a lo largo de la base de la verja hasta que llegó al poste del portón. El médico manipulaba el cerrojo. La mente de Cathy gritaba: "Por favor, no mire hacia aquí, doctor... por favor... por favor". El médico no miró, pero cuando el cerrojo se abrió con un ruido metálico, habló como dirigiéndose a la puerta: "Espera a que haya vuelto a subir al coche y camina a su lado mientras entro. Iré despacio".

Cathy se quedó atónita. El médico empujó las dos grandes hojas del portón, y cuando se dirigía otra vez hacia la portezuela del conductor, ¡miró directamente a Cathy, sonrió y le guiñó un ojo! Un momento antes de volver a sentarse en el coche, dijo: "Has ido a casa a cambiarte de calzones, ¿eh?".

Cathy estaba patidifusa: ¡el médico sabía leer el pensamiento! No sabía, claro está... pero llevaba quince años visitando las escuelas. Conocía el asunto. El coche avanzó despacio. Cathy, agachada, se aferró a la manija de la puerta y anduvo junto al coche. Cuando el médico cerraba el portón, Cathy ya había recorrido la mitad del patio. Ella se volvió para mirarlo y él seguía sonriendo. Ella lo saludó con la mano. Él le hizo un gesto con la cabeza. Sonó la campana.

🜂

Cathy sacó la lengua todo lo que pudo. El médico le apretó hacia abajo la parte de atrás de la lengua con el palito de caramelo y le iluminó la garganta con su lucecita.

–Y otra vez —le dijo.

–Aaaah.

–Bien.

Retiró el palito, lo rompió en dos entre el pulgar y la palma de la mano y lo tiró al basurero. Escribió una nota en su libro y le dio una palmadita en la cabeza.

—De acuerdo, mi pequeña fugitiva, ¡estás sana! Vuelve a tu clase.

Cathy se bajó de la silla de un salto y se dirigió a la puerta. Puso la mano en el picaporte y se detuvo. Se volvió, con el picaporte todavía en la mano, y dijo:

—Doctor...

El médico le estaba dando la espalda, pero se volvió.

—¿Sí?

Ella se apartó el flequillo con la mano izquierda y dijo:

—¡Gracias!

El médico sonrió.

—Ha sido un placer... y, oye, ¡qué calzones más bonitos!

Cathy soltó una risita y salió de la sala. Fue al vestidor a vestirse. No había vuelto a su clase desde el recreo grande, pues las otras cuatro niñas y ella habían ido directamente al médico. Mientras se vestía, pensaba en lo bien que le habían salido las cosas, y que la vida merecía vivirse, ¡desde luego! Lo que ella no sabía era que, después del recreo, cuando Ann, la prima de Cathy, no la había visto volver, se había asustado. En cuanto la clase se sentó, Ann había levantado tímidamente la mano, y cuando la hermana Magdalen le preguntó qué pasaba, Ann lo había confesado todo entre lágrimas. ¡Se había descubierto el pastel de verdad! Cuando Cathy entró en el aula, advirtió en el aire que se avecinaba una tragedia. Pero no sospechó que aquello tuviera algo que ver con ella. Ocupó su asiento. La hermana Magdalen no dijo nada, sino que siguió impartiendo la clase de gramática que estaba en marcha.

Todo era normal de momento, aunque Cathy notó que sus compañeras le dirigían algunas miradas peculiares.

Sonó el timbre por los pasillos para anunciar el final de las clases del día, y la hermana Magdalen impartió sus instrucciones: "No se olviden estudiar esta noche las preguntas sesenta y cinco a setenta, las veremos mañana a primera hora. Ah, y, señorita Browne, quédese después de clase, quiero hablar con usted".

La clase se puso de pie y rezó en voz alta el avemaría. Sólo la niña que estaba de pie junto a Cathy Browne oyó el temblor de su voz. El aula no tardó en quedarse vacía y con un silencio mortal. Cathy se quedó sentada sola en su pupitre. La hermana Magdalen había llevado a sus niñas en fila india hasta la puerta principal, como de costumbre, y volvería en cualquier momento. Cathy oyó el "clac, clac" de los talones de la hermana Magdalen que se acercaban al aula, y sintió en la boca el sabor del miedo como un clavo oxidado. La monja entró. Cerró la puerta y fue a su escritorio. No miró a Cathy. En vez de ello, abrió el cajón superior de su escritorio. En aquel cajón había una Biblia, un libro de lista, que servía para tomar nota diariamente de la asistencia de cada alumna (una raya significaba "presente", un círculo, "ausente"), una caja de gises para el pizarrón, y "la ira de Dios". "La ira de Dios" era una correa de cuero de cuatro centímetros de ancho, más de un centímetro de grueso y treinta centímetros de largo. Alguien, en alguna parte, había tomado papel y lápiz y había diseñado aquella correa con el fin específico de pegar a los niños. No servía para ninguna otra cosa. Costaba dinero hacerla y comprarla. La monja no la sacó. En vez de ello puso la mano encima de ella en el cajón. Seguía sin mirar a Cathy. Tenía puestos los ojos detenidamente en "la ira de Dios". Respiró hondo, y, al espirar, dijo:

–Señorita Browne, ¿me gustan las mentiras?

–No, hermana Magdalen.

Cathy sabía lo que tenía en la mano la monja.

–Y ¿me gustan las mentirosas?

La monja seguía sin levantar la vista.

–No, hermana Magdalen.

Una lágrima cayó por la mejilla de Cathy.

–Venga aquí —dijo la monja, sacando bruscamente la correa y depositándola de golpe sobre el escritorio. Cathy subió con paso inseguro al frente del aula. Ahora la monja la miraba a ella con ira.

–¿Qué reciben las mentirosas? —preguntó en voz baja y ronca.

Cathy bajó la cabeza y murmuró algo.

–¡Hable más alto, niña! —gritó la monja.

Cathy dio un salto de miedo. Las lágrimas le caían a raudales por las mejillas y le goteaban de la barbilla temblorosa. Tenía el largo flequillo mojado y pegado a las mejillas.

–"La ira de Dios" —dijo Cathy, llorando.

–"La ira de Dios" —repitió la monja—, así que no me mienta aquí, ante Dios nuestro Salvador —añadió, señalando el crucifijo. Ahora parecía que la monja temblaba tanto como Cathy.

–Extienda la mano —dijo, como si estuviera diciendo a Cathy que sacara punta al lápiz. La niña extendió las manos y abrió los dedos hacia atrás dejando la palma hacia arriba. Cerró los ojos.

–¿Por qué ha salido hoy del recinto de la escuela? La pregunta era sencilla; la respuesta era vergonzosa. A Cathy le daba miedo mentir delante de "Dios Salvador" pero no podía decir la verdad, sencillamente no le salía. ¡Zas! El dolor le subió por el brazo y le salió por la cabeza. La mano le escocía.

–Espero una respuesta, señorita —dijo la monja, volviendo a levantar el brazo.

Cathy abrió un ojo. La figura negra, enorme, se cernía sobre ella, con el brazo apuntando al cielo, con la correa que se agitaba como la lengua de un animal salvaje. Cathy retiró el brazo y fue corriendo a la puerta. La monja se quedó sorprendida pero reaccionó a tiempo para atrapar a Cathy antes de que abriera la puerta. Cathy había cerrado los dos puños y se los había metido bajo los sobacos. La monja la agarró por encima del codo y llevó a la niña a rastras con facilidad por el suelo pulido hasta el escritorio. Tiró al suelo la correa y, asiendo todavía el brazo de la niña, hurgó en el cajón con la mano que tenía libre.

–¡Yo le enseñaré, señorita... señorita... ramera! —dijo, mientras sacaba la mano del cajón empuñando unas tijeras cromadas.

Cuando Cathy llegó a casa ya habían cesado sus lágrimas. Cuando entró en el departamento ruidoso, Agnes le dijo:

–Cathy, tienes la cena en la cazuela, haz la tarea antes de cenar. ¿De dónde has sacado esa porquería?

Agnes señalaba la gorra de lana con borla que llevaba Cathy. Aquello se llamaba "sombrero de mono", por Mike Nesmith, que era uno de los miembros del grupo Los Monkees, el favorito de Cathy.

–Me lo dio Ann Reddin.

—Bueno, pues tiene un aspecto estúpido —dijo Agnes. Pero como sabía que los muchachos son así, no se entrometía en sus caprichos respecto a la moda.

—Voy a ver a Marion. Debes estar acostada cuando vuelva. Cathy fue a su dormitorio y lloró.

10

Llegó la mañana del miércoles, el día en que Marion tenía cita para el médico. Agnes estaba al pie de la escalinata de la iglesia. Marion daba su acostumbrada salutación de madrugada, sólo que esta vez, cuando se apagaron los ecos de: "Buenos días, Dios, soy yo, Marion", añadió en voz baja: "No me abandones hoy en mi tribulación". Cuando volvió a bajar los escalones, Agnes le dijo sencillamente: "¿Bien?", a lo cual Marion respondió: "¡Bien!", y las dos se pusieron en marcha para poner a la venta su mercancía. Tuvieron una mañana atareada y el tiempo pasó volando. Cuando Marion quiso darse cuenta, ya estaba a su lado Agnes, esperando acompañarla a la clínica del doctor Clegg.

—¿Estás preparada? —le preguntó Agnes.

—Casi. Sólo he lavado la mitad de mis manzanas, tengo la cabeza en otra parte.

—Déjalas. Ya te las lavará Annie la Gorda. Vamos, son casi las once. Agarra el abrigo.

Marion así lo hizo y las mujeres emprendieron el paseo de un cuarto de hora hasta el consultorio del médico. Caminaron hasta el final de la calle Moore y doblaron a la derecha por la calle Parnell, hacia Summerhill, donde daba consulta el doctor Clegg todas las mañanas de once a una. Las dos mujeres no hablaron hasta que llegaron a la enorme construcción triangular que era el monumento a Parnell, en el extremo norte de la calle O'Connell. Cuando pasaban bajo la mano gigante extendida de Charles Stewart Parnell, Agnes dijo:

—¿Te había contado que a mi Mark le está saliendo el vello púbico?

—¿Dónde, en la pirinola?

–¡No, en la lengua! ¡Claro que en la pirinola!

–¿Cómo lo sabes?

–Me lo dijo él. Estaba muy preocupado. Se creía que era anormal, *reforme* o algo así.

–Ay, bendito de Dios. ¿Te preguntó de dónde venían los niños?

–No, la verdad es que no.

–¿Qué quieres decir con que la verdad es que no?

–Bueno, me preguntó que por qué le salía pelo en la pirinola.

–¿Y qué le dijiste?

–Le dije que era para que tuviera la pirinola caliente cuando fuera a nadar.

Las dos mujeres se rieron a carcajadas mientras cruzaban la calle Gardiner, y un coche se detuvo con chirrido de frenos haciendo sonar ruidosamente la bocina.

–Ay, guárdate el pito para quien te quiera —gritó Agnes.

El conductor la saludó con dos dedos y siguió adelante. Las dos mujeres le devolvieron el gesto.

–Condenados coches, se creen que son los dueños de la calle —dijo Marion en señal de apoyo a la salida de Agnes.

Subieron sólo ochenta metros más por Summerhill y llegaron ante la clínica del doctor Clegg.

–Jesús, Agnes, estoy aterrorizada.

–Ah, vas a estar muy bien. Anda, adentro: ¡ya verás!

Las dos mujeres se dieron un abrazo y entraron en la clínica.

Aquella tarde, a las seis, algunos de los hijos de la familia Browne estaban sentados y otros de pie por la cocina esperando su merienda. Charlaban entre ellos mientras Agnes se afanaba en el fogón. Estaba distraída y hacía las cosas con descuido. Vertió el agua hirviendo en la tetera pero se le olvidó echarle hojas de té; había puesto pan en la parrilla para tostarlo pero no había encendido la parrilla. No dejaba de recordar la expresión de terror puro que tenía Marion en el rostro cuando le había dicho: "Quiere que vaya a hacerme análisis en el hospital Richmond la semana que viene". Marion se había echado a llorar. No ha-

bían vuelto directamente a la calle Moore tal como habían pro-
metido a Annie la Gorda; en vez de ello habían entrado en la taberna de la esquina y tomado una copa. El doctor Clegg había
dicho a Marion que podía ser un tumor maligno, y que si lo era
tendrían que quitarle un pecho. Marion estaba frenética.

–¡Eso es sólo el principio, Aggie! Primero un pecho, después una pierna, después otra pierna... Trozo a trozo... y después
entierran los trozos que quedan.

Agnes le dio un bofetón en la cara y le habló con firmeza.

–Escucha, ¡te estás precipitando mucho! Puede que no
sea nada. Y aunque te quiten un pecho, ¡fíjate en Mona Sweeney,
la de la casa de empeños, sólo tiene un seno y está muy bien!
Ahora domínate.

Habían terminado las bebidas en silencio y habían vuelto
a sus puestos, donde las esperaba Annie la Gorda muy enojada.

La cháchara de los niños estaba alcanzando el nivel de
un concurso de gritos.

–¡Cállense —gritó Agnes. ¡A callar todos! Esto no es el
parque Phoenix. Si tienen que hablar, hablen bajo, me están sacando de quicio, carajo.

Todo quedó en silencio durante un momento, y después
tomó la palabra Cathy.

–Es Dermo, Mami, está molestando a Marko.

–No soy yo, es él —dijo Dermot señalando a Mark.

–Cállense, he dicho. Y, Cathy, tus hermanos se llaman
Dermot y Mark, guárdate esos apodos para la calle.

Agnes dejó en la mesa la tetera y un plato enorme de tostadas calientes con mantequilla. Se limpió las manos en el delantal y se lo quitó.

–Mark, sirve el té —ordenó—, y hay dos tostadas para
cada uno. No quiero oir ninguna discusión.

Salió de la habitación, se metió en el baño y echó el cerrojo. Paz y tranquilidad. Mark sirvió el té y todos cayeron sobre las tostadas. Dermot empezó de nuevo, pero esta vez en
voz más baja.

–Es una zorra —dijo con una sonrisa traviesa.

Cathy intervino a continuación.

–No lo es. Maggie O'Brien es muy agradable, y si Mark
la quiere, es asunto suyo.

–¡Cállate, tú no sabes nada, eres una niña! —dijo Dermot con cierto aire de autoridad. Cualquiera te dirá que Maggie O'Brien te enseña el culo por un penique de caramelos.

Dermot entendía de esas cosas.

Mark terminó de servir el té y dijo a Dermot con una sonrisa:

–Bueno, pues quedé de verme con ella detrás del Foley... y a mí no me hará falta *ningún* caramelo.

–¡Buuuuu! —dijeron todos los demás.

Dermot no estaba convencido.

–¿Por qué no?

–Porque yo tengo una cosa que no tienen los demás tipos.

Dermot se lo pensó un momento.

–¿Lo dices porque tienes pelos en la pirinola?

Se rio, y también se rio toda la banda menos Mark.

–No, ¡encanto! —exclamó Mark en son de desafío.

Agnes regresó y reinó el silencio. Se sirvió una taza de té, le puso azúcar y leche y se recostó contra la alacena.

–Está bien, ustedes, termínense esa merienda y pónganse las pijamas.

–Yo tengo que salir —dijo Mark.

–¿Dónde? —le preguntó Agnes, interrogándolo como un policía.

–Al... club de boxeo.

–¿Un miércoles por la noche? ¿Por qué, qué hay?

–Este... viene un hombre a hablarnos de... una cosa.

–Ah, bueno, pero regresa a las nueve, ¿me oíste?

–¡Sí! ¡A las nueve! —respondió Mark, aliviado porque podía tener lugar su cita con Maggie O'Brien, su cita con el destino. Los otros niños no levantaron la vista. Los Browne no son delatores.

Mark estaba a punto de reventar de emoción mientras bajaba corriendo hacia el Foley. "Así que esto es el amor", pensaba. Había ensayado algunas frases románticas que había oído en las sesiones de tarde del cine, y estaba dispuesto a abordar la seria cuestión de cortejar a su dama. Cuando dobló la esquina del callejón James Larkin y la calle James Larkin la vio allí ante la taberna de Foley. El corazón le dio un brinco. Nunca había sentido aquello por nadie ni por nada. Redujo el paso para intentar parecer "relajado". Era imposible. "Relajado, y nada", pensó, y echó a correr. Cuando llegó junto a ella, ella se puso muy coqueta.

–¿Cómo estás? —le dijo.

–¿Cómo estás? —respondió ella sin mirarlo.

Hubo un silencio incómodo. Ella estaba recostada con la espalda apoyada en la farola, y por algún motivo no dejaba de sacar y meter el talón de los zapatos negros que llevaba. "Es preciosa —pensó él. Bueno, es verdad que tiene un diente salido, el que está al lado del amarillo, pero era bonito en cierto modo." Había llegado el momento de que dijera una de sus frases románticas.

Se aclaró la voz.

–Tu pelo reluce a la luz de la luna.

–¡No jodas! ¡El tuyo ni siquiera está peinado!

La réplica lo tomó desprevenido. Debo de haberlo dicho mal, pensó. Prueba con otra, le gritaba el cerebro, prueba con otra.

–Tus vetas de agua son como grandes ojos —dijo torpemente.

–¿Qué tetas? Todavía no tengo, y si las tuviera tú les estarías poniendo encima las pinches manos.

Aquello no iba en absoluto según lo planeado. No digas nada.

–¿Quieres un beso o qué? —le preguntó ella.

–Sí —respondió él sin titubear.

–Bueno, aquí no; ve por la parte trasera —dijo ella, encogiéndose de hombros.

–Bueno.

Mark ya estaba dispuesto a hacer cualquier cosa que le dijeran. Se metió por la parte trasera de la taberna de Foley. Al pasar bajo la ventana del baño oyó una tos, y después un pedo, y una colilla de cigarrillo que salió volando por la ventana estuvo a punto de darle. Pasó sobre unas cajas de cerveza con todo el silencio que pudo y se detuvo, mirando a izquierda y derecha. No había estado nunca por allí.

–Ve a la derecha —le ordenó ella. Ella sí que había estado allí antes. Él siguió por la derecha hasta que llegó a un rincón. Había humedad, y salía de la taberna la luz suficiente para que él se diera cuenta de que estaba ante una especie de puerta trasera. Se detuvo y se volvió. Ella llegó a su lado y se quedó de pie junto a él con los ojos cerrados. Él la miró con extrañeza.

Ella abrió los ojos.

–¿Estás bien de la cabeza? ¡Bésame! —dijo, y volvió a cerrarlos.

Mark Brown iba a dar su primer beso. Se acercó a ella hasta que sus narices se tocaron, y apretó la cara con fuerza contra la de ella. Sus labios se unieron, sus narices se aplastaron, y aquello duró tres segundos enteros. Cuando se retiró, Mark vio estrellas ante sus ojos.

"Esto es estupendo", pensó. Después pensó: "*Tengo* que verle el culo a esta muchacha".

–Espera aquí —le dijo ella.

–¿Por qué? ¿Dónde vas?

–¡Tengo que hacer pipí, espera aquí!

Desapareció tras la esquina del edificio. Mark pensaba para sus adentros "no se lo voy a ver", cuando la puerta junto a la que estaba empezó a abrirse despacio y en silencio. Se quedó inmóvil, aterrorizado. Era Dermot.

–¿Qué diablos...? —exclamó, enojado.

–Toma —dijo Dermot, y desapareció. Le había dado una barrita de caramelo. Mark sonrió, y susurró a la puerta, ya cerrada.

–Gracias, Dermo.

11

En la calle Moore no existen los secretos. Al cabo de pocos días, la noticia de la visita de Marion a la clínica y la recomendación del médico de que ingresara en el hospital para hacerse análisis se comentaba en todos los mercados. Los demás vendedores habían abierto una senda trillada de tanto pasarse por el puesto de Marion con un remedio para su enfermedad o para contarle que habían conocido a una persona que padecía una dolencia semejante a la de Marion y que resultó no ser nada. Annie la Gorda sugirió que podría ser un forúnculo que creciera hacia dentro, y los demás vendedores dedicaron cierto tiempo a discutir el modo mejor de poner una cataplasma por dentro. Doreen Dowdall dijo que podía ser un tercer pezón, pues en una película de James Bond había visto a un hombre que tenía tres tetillas, y Doreen estaba convencida de que era una cosa muy corriente. La señora Robinson dijo que una de sus hijas gemelas, Splish, ¿o era Splash?, había tenido un bulto en el pecho y que resultó que no era más que un quiste.

—Es sencillo —dijo. Lo único que hacen es sajarlo con una lanceta.

—¿Eso quiere decir que viene un tipo con una armadura y te lo pincha con una lanza? —preguntó Bridie Barnes. Todas las "muchachas" se rieron, incluso Marion.

En general, todos consideraban que el problema de Marion era una cuestión sencilla y nadie se preocupaba verdaderamente de ello... salvo Marion. Agnes se había convencido a sí misma de que no sería nada y de que Marion volvería pronto a ser la de siempre, cuando se hubieran hecho los análisis y se conocieran los resultados.

Agnes decidió que ella misma necesitaba animarse y

pensó dedicarse una temporada a su casa y empapelar el cuarto de estar y decorarlo. La oportunidad de trabajar un poco en la casa entonó a Agnes. "Una habitación recién decorada tiene algo que pone en buena forma a una mujer", se dijo a sí misma.

En los días siguientes el tiempo mejoró y el mercado de la calle Moore empezaba a hervir de vida una vez más. Agnes se encontraba de tan buen humor como no había estado en mucho tiempo. Así, pues, cuando fue a visitar a Marion en el hospital Richmond iba con el corazón alegre. Marion había ingresado aquella mañana para hacerse los análisis. Sólo tres horas después de ingresar, Marion ya estaba en la cama, sentada, con los análisis hechos y con un día de descanso en cama por delante. Agnes se había encontrado con Tommo aquel día, a la hora de la merienda, y Tommo había asegurado a Agnes que Marion estaba en condiciones de recibir visitas. Después de dar de comer a su familia, Agnes se pintó un poco y se dirigió al Richmond, a sólo un cuarto de hora a pie.

–Monks, Marion Monks —dijo Agnes al conserje de la recepción del hospital. Éste pasó varias hojas de un fichero y recorrió una lista con el dedo hasta que el nombre solicitado apareció bajo su dedo manchado de nicotina.

–Monks. Señora Marion. Sala Santa Catalina —anunció.

–¿Dónde está eso?

–Pasando por la puerta, doble a la derecha; a la mitad del pasillo doble a la izquierda, suba dos pisos y justo enfrente. Segunda puerta a la izquierda.

Veinte minutos más tarde, y después de recorrerse todo el hospital, Agnes acabó encontrando la sala. La sala Santa Catalina era una habitación estrecha de unos treinta metros de largo.

A lo largo de las dos paredes principales había diez camas, todas ellas con armazones metálicos idénticos y acompañadas de sendas mesillas de acero. Las camas estaban separadas entre sí por cortinas que, cuando entró Agnes, habían sido retiradas para que los pacientes pudieran ver entrar a los visitantes. Agnes se quedó de pie delante de la puerta y recorrió con la mirada las caras de los pacientes que ahora le devolvían la mirada. Ni rastro de Marion. Se sentía incómoda allí de pie, a la vista de todos. Se volvió rápidamente y repitió la operación por el lado derecho de la sala; y, en la quinta cama, vio a Marion que le hacía señas desenfrenadamente.

–¡Agnes! ¡Agnes! Aquí, cielo —le dijo Marion en voz alta.

Agnes se dirigió rápidamente a la cama de Marion, quitándose por el camino el pañuelo de la cabeza y pasándose los dedos por el pelo. Dejó en la mesilla la indispensable botella de Lucozade y el paquete de diez cigarros y dio a Marion un gran abrazo.

–¡Siéntate! ¡Siéntate! —dijo Marion.

Agnes se sentó, en efecto, y acercó la silla un poco más a la cama.

–Bueno, ¿cómo estás? —pregunto Agnes, llena de preocupación.

–¡Estoy estupendamente! ¡Ni dolor, ni sensaciones incómodas! Estoy estupendamente, de verdad.

Marion hablaba con una sonrisa y Agnes se tranquilizó. Como sucedía en todas las visitas de hospital, lo primero era lo primero. Después, Marion fue señalando a cada uno de los pacientes de la sala y describiendo sus enfermedades con detalle, cómo eran sus visitantes y las malas costumbres que tenían. Parecía que todos los demás enfermos de la sala, menos Marion, por supuesto, estaban un poco mal de la cabeza. A Agnes no le sorprendió que después de pasar sólo unas pocas horas en la sala Marion ya hubiera recopilado las historias clínicas completas de sus compañeros de sala. Marion era así. Por fin, la conversación recayó de nuevo en la historia clínica de Marion.

–Marion... —empezó a decir Agnes, titubeando.

–¿Qué? —respondió Marion, sabiendo que se avecinaba una pregunta difícil.

–¿Qué te hicieron?

–Ah, bueno —empezó a decir Marion con autoridad, como si aquel día hubiera empezado a estudiar la carrera de medicina en vez de haber sido una paciente. Me han hecho una *bultectomía* y una *biopisía* cervical. ¡Después, analizan los trozos y se enteran de lo que me pasa!

Agnes tenía un codo apoyado en la cama y se sujetaba la barbilla con la mano, asombrada de lo bien que había captado Marion los detalles médicos.

—Bueno, tienes un aspecto maravilloso, Marion, verdade-ramente maravilloso. ¡Creo que ya te curaron!

—Ah, no, no han empezado siquiera. Esto no son más que análisis para ver lo que me pasa; *después* me curarán.

—¡Aah! ¡Ya veo! —respondió Agnes.

De pronto, Marion se inclinó hacia Agnes y le habló casi en un susurro.

—¿Sabes lo que me hicieron?

Agnes acercó su silla a la cama todavía más.

—¿Qué?

—¡Me rasuraron!

Agnes retrocedió un poco en su silla y miró fijamente la cara de Marion. Los pelos seguían en los lunares, de modo que no le habían rasurado la barbilla. Agnes estaba perpleja.

—¡Qué te *rasuraron*! ¿Dónde?

Marion echó una mirada por la sala, tosió y se dio una palmadita por debajo del estómago, inclinando al mismo tiempo la cabeza hacia un lado.

Agnes mantuvo durante un momento su expresión de desconcierto. Después, en su rostro apareció un gesto de comprensión.

—¿Cómo? ¡AHÍ ABAJO! —gritó Agnes.

Algunos visitantes volvieron la cabeza hacia la cama de Marion, y algunos pacientes se inclinaron hacia delante para ver lo que pasaba. A Marion se le puso la cara colorada. Asin-tió con la cabeza educadamente, sonrió a todos, y después dijo entre dientes a Agnes:

—¡Agnes, no me jodas!

—¡Ah! Lo siento, Marion —dijo Agnes. No te creo —aña-dió en tono más bajo.

Marion se limitó a asentir con la cabeza de manera exa-gerada y dijo:

—¡Sí! ¡Sí me rasuraron! ¡Me dejaron calvita!

—Júramelo.

—Te lo juro.

—¡Vaya, Dios mío!

Agnes estaba boquiabierta.

Ahora fueron las dos mujeres las que echaron miradas por la sala como esperando que las espiaran. Pasaron algunos momentos sin decir nada, y después Agnes dio un golpecito a Marion en el costado y le dijo:

—¡Marion, déjame verlo!

—¡Desde luego que no!

—¡Ay, anda! ¡Déjame verlo!

—¡NO!

—Marion Monks, soy amiga tuya. Así que déjame verlo.

Marion echó una ojeada por la sala.

—Corre las cortinas a mi alrededor —dijo.

La cortina rodeó rápidamente la cama con un silbido, impidiendo a los demás visitantes ver nada. Pero sí podían oirlas, y lo que oyeron fue la voz de Agnes que exclamaba:

—¡Ooh! ¡Ay, Dios mío! ¿Sabes una cosa, Marion? ¡Te queda bien!

Y las dos mujeres aullaron de risa.

Agnes salió del hospital más alegre todavía que como había entrado. Marion estaba animada. Parecía que estaba bien, y no parecía que hubiera nada de qué preocuparse en aquel frente. Agnes Browne volvió con paso vivo a su habitación recién decorada, donde se prepararía una taza de té y oiría el dulce sonido de sus hijos que dormían.

12

Agnes esperaba junto a su puesto, al sol del amanecer, que llegara Cathy para recoger su almuerzo. Estaba aturdida. Miraba el espacio vacío del puesto de Marion con el corazón oprimido. Había pasado una semana desde que Marion había ingresado en el hospital, y todavía no había vuelto.

La noche anterior ya era tarde, pasadas las doce, cuando Agnes había salido por fin de casa de Marion camino de su casa. Tommo había acompañado a Agnes a su departamento del callejón Larkin. Agnes no había dado importancia al ofrecimiento de Tommo de acompañarla a su casa. Poco sospechaba que Tommo tenía sus motivos: quería hablar con Agnes sin que Marion pudiera oírlos. Mientras bajaban por George's Hill bajo la luz brillante de la luna, Agnes iba congratulándose con el buen aspecto que tenía Marion y con lo segura que estaba ella de que no sería nada de qué preocuparse. De pronto, Tommo se detuvo. Agnes siguió andando un poco hasta que se dio cuenta de que Tommo no iba a su lado. Cuando lo advirtió, también ella se detuvo y se volvió para mirarlo. Tommo estaba de pie con la cabeza inclinada y con el cuerpo enorme temblando mientras sollozaba perceptiblemente. Agnes se quedó pasmada.

–¿Qué te pasa, Tommo? —le preguntó.

–No... no está bien, Agnes... No está bien en absoluto.

–¡Bueno, claro que no está bien, Tommo! Cualquier operación, aunque sea pequeña, te agota mucho... ¡Y ya puede acostumbrarse, porque, si le tienen que quitar el pecho... se sentirá decaída durante una temporada larga!

Agnes hablaba con autoridad, con la esperanza de subir la moral a Tommo. No lo consiguió. Estaba sollozando con más fuerza y le faltaba el aliento. Hasta tal punto que, aunque intentaba hablar, no lo conseguía.

—Ay, Tommo, vas a tener que aprender a dominarte.

Agnes estaba con los brazos en jarras. Tommo se limitó a seguir sollozando.

Agnes abrió la bolsa y sacó sus cigarros. Encendió uno apresuradamente. El humo de la primera fumada subió flotando hacia la luna sonriente. Volvió a dejar caer la cajetilla en su bolsa y cerró ésta. Los sollozos de Tommo ya eran menos desesperados, y respiraba hondo. Pasó junto a ellos una pareja joven agarrada del brazo, y la muchacha reconoció a Agnes.

—Buenas noches, señora Browne —dijo la muchacha.

Agnes le echó una sonrisa.

—Este... sí, buenas noches, cielo. ¡Ahora derechitos a casa!

Los dos se rieron y siguieron paseando. Agnes les sonrió y se volvió después con cara más seria a Tommo y le habló con voz callada, pero firme.

—Haz el favor de sobreponerte, Tommo. ¡Ponerte a sollozar aquí como un jodido mariquita grandulón! ¡Cualquiera pensaría que es el fin del mundo!

—Lo es... para mí, Agnes —respondió él, con la voz ya más profunda después de su enorme emisión de lágrimas.

—¿Por qué? ¿De qué se trata?

Aun mientras hacía la pregunta, Agnes conocía la respuesta y la temía. Su cuerpo se preparó para recibirla; apretó el asa de la bolsa hasta que los nudillos se le pusieron blancos, tensó el pecho y recogió los dedos de los pies como intentando mantener los pies firmes sobre el suelo. Tommo la miró a los ojos y dijo sólo dos palabras.

—Seis meses.

***

Mientras Agnes miraba el hueco que era el sitio vacío del puesto de Agnes aquella mañana soleada, le resonaban en la cabeza aquellas dos palabras.

—¡Mami! ¡Mamá!

Una vocecilla traspasó su estupor y dio un respingo, asustada. Era Cathy.

—¿Qué demonios quieres? —dijo Agnes con voz cortante.

–Mi almuerzo —respondió Cathy en voz baja y perpleja.

Agnes se agachó y la abrazó.

–Perdona, cariño... Me llevé un susto. Estaba en las nubes... Perdona...

Agnes soltó a la niña de su abrazo más fuerte de lo habitual pero siguió sujetándola de los hombros. Sonrió a Cathy mirándola a la cara.

–Estás preciosa, mi nena, ¡menos ese dichoso gorro de lana!

Y diciendo esto quitó el gorro de la cabeza de la niña. Cathy intentó volver a ponérselo pero era demasiado tarde. Su madre había visto el desaguisado. Agnes pasó unos segundos sin decir nada; no hacía más que mirar a la niña, boquiabierta. Cathy bajó la cabeza.

–¿Dónde está tu flequillo? —preguntó Agnes. La pregunta le salió como si la niña lo hubiera dejado olvidado en alguna parte.

–Ya no lo tengo —respondió Cathy sin levantar la cabeza.

–Ya veo que ya no lo tienes, no soy el pinche Ray Charles. ¿Dónde está? ¿Cómo lo has perdido?

Agnes iba poniendo voz de enojo.

–Mi hermana me lo cortó.

–Tú *no tienes* ninguna hermana... como no lo digas por Rory...

–No... mi hermana maestra... la hermana Magdalen, ¡me lo cortó ella!

Las lágrimas se acumulaban en los ojos de Cathy.

–¿Por qué? —dijo Agnes con sufrimiento en la voz. También ella tenía la mirada húmeda.

–¡Porque fui descarada!

Aquello fue demasiado para Cathy, que rompió a llorar. Agnes abrazó con fuerza a su única hija. Le aplicó el remedio tradicional, dar golpecitos en la espalda a Cathy y susurrarle al oído:

–¡Ya, ya, ya!

Cuando se hubo tranquilizado, Cathy contó a su madre todo el caso. Cuando Cathy terminó de hablar, Agnes le sonrió.

–No te preocupes, cielo. Escucha: el sábado que viene

iremos tú y yo a la peluquería y te harán en esa cabeza un peinado que daría envidia a Lulu. ¿De acuerdo, cielo?

Cathy se arrojó en brazos de su mamá y la apretó con fuerza. Le dijo en voz muy baja:

—Te quiero, mamá.

Agnes volvió a darle golpecitos en la espalda y le dijo:

—Ya lo sé, amor, ya lo sé. Ahora a la escuela.

Cathy se metió en la bolsa su emparedado y su fruta y se puso a trotar alegremente calle arriba. Todo el incidente la había alterado terriblemente y se alegraba de que todo hubiera terminado.

¡Pero no había terminado!

La mañana transcurrió rápidamente para Agnes. Las ventas estaban animadas a primera hora y colocó bastante mercancía. Marion le venía a la cabeza muchas veces pero Agnes se limitaba a seguir trabajando. A las doce fue a ver a Nelly la Olorosa, la pescadera, para fumarse un cigarrillo con ella y charlar. No la pasó bien. Por mucho que lo intentaba, tenía demasiadas cosas en la cabeza. Cuando hubo terminado el cigarrillo, fue junto a Annie la Gorda.

—Annie, ¿puedes vigilar mis cosas durante media hora, más o menos?

—Ay, Jesús, Agnes, yo iba a pedirte que vigilaras las mías. Mi madre invitó a merendar al padre Egan, y le prometí que pasaría a llevarle las cosas para preparar un emparedado.

Agnes se inquietó, pero sólo un momento.

—Te diré lo que haremos. Dame las cosas de tu madre y yo se las dejaré en el camino de vuelta de la escuela. Por favor, Annie: tengo que ir allí.

Annie la Gorda lo pensó un par de segundos.

—De acuerdo —dijo, y dio a Agnes una bolsa. Aquí hay carne en conserva, jamón, ensalada, cebollas y dos pepinos, díselo. Y si eso no le basta al padre Egan, ¡más le vale buscarse una parroquia en el lado sur!

Las dos mujeres se rieron. Agnes agarró la bolsa y se dirigió a la Escuela de la Madre de la Divina Providencia.

Hay ciertos olores que recuerdas toda la vida. El hospi-

tal, un confesionario, una taberna a primera hora de la mañana.
Todos esos olores son reconocibles. No se pueden confundir con
ninguna otra cosa. "Y el olor de la escuela no lo olvidas nunca",
pensaba Agnes mientras caminaba por el pasillo con el eco de
sus pasos como única compañía. Iba mirando las puertas a un
lado y otro. Se detuvo ante el aula número cuatro. Agnes no tenía idea de lo que iba a decir o a hacer; simplemente, sabía que
tenía que ir allí. Llevaba la bolsa en la mano izquierda y la bolsa
que le había dado Annie la Gorda en la derecha, así que Agnes
agarró las dos cosas con la mano izquierda para llamar a la
puerta. Dio unos golpecitos. Le abrió una monja alta. Más alta
que Agnes. Agnes se imaginó durante un instante a aquel pe-
dazo de mujer sujetando a su hijita de diez años.

–¿Sí, señora? —dijo, con voz de hombre.

Agnes se la quedó mirando. Sentía que el corazón le la-
tía con más fuerza. Vio por encima del hombro de la monja a
las niñas que la miraban. No veía a Cathy. Quizá se hubiera
equivocado de clase.

–¿Puedo ayudarla en algo, señora?

La monja habló esta vez con tono de cierta irritación.

–Busco a la hermana Magdalen —dijo Agnes sin preám-
bulos.

–Yo soy la hermana Magdalen.

–Bueno, pues *yo* soy la señora Browne. La madre de Cathy Browne.

–¿Sí?

–¿Quién le dio permiso para cortarle el pelo?

–¿Permiso? ¿*Permiso*? Señora Browne, *yo no necesi*to permiso para mantener la disciplina en mi escuela. ¿Alguna cosa
más?

Agnes no recordaba más tarde haber metido la mano en
la bolsa: fue como si aquello le hubiera brotado en la palma de la
mano sin más. ¡En un momento dado tenía la mano vacía, y un
instante después empuñaba un pepino de color verde vivo! Tra-
zó un arco con el pepino y le dio a la monja de pleno en la mejilla con él.

Por desgracia para la hermana Magdalen, el pepino no
estaba maduro del todo. Agnes recordaba más tarde haber visto saltar algo de la boca de la monja a la vez que sonaba el bo-

fetón. Era un paladar. En el cual había siete dientes postizos. El paladar atravesó el suelo del aula repicando como siete bailarines blancos de tap. Agnes dio media vuelta y dejó a la monja tendida en la puerta. Cuando iba por la mitad del pasillo, Agnes gritó sin volver la cabeza:

–¡Anda y chúpate ésa, carajo!

Los "gardai" estaban esperando a Agnes en su puesto cuando ella volvió. Sólo tuvo tiempo de pedir a Nelly la Olorosa que pasara por su casa para asegurarse de que los niños estaban bien. Acto seguido, los dos guardias la detuvieron y se la llevaron a la comisaría de la Garda de la calle Store, donde la metieron en un calabozo para retenerla allí hasta que compareciera ante el tribunal al día siguiente. Más adelante, volviendo la vista atrás, Agnes agradeció haberse pasado aquellas veinte horas en un calabozo a solas con sus pensamientos. Pues, después de meditar mucho tiempo acerca de la enfermedad de Marion y de pensar cómo debía reaccionar ante ella, había tomado una decisión. No aludiría a ella en absoluto. Agnes decidió que pasaría el tiempo que le quedara con Marion dedicándolo a disfrutar de ella, a hacerla reir y, por encima de todo, a aprovechar al máximo cada segundo que les quedara juntas. Un problema resuelto. Ahora a lo del juicio.

Escoltaron a Agnes del coche celular a los calabozos subterráneos del tribunal. La registraron, buscando, probablemente, frutas o verduras peligrosas. Cuando salió de los calabozos del sótano al banquillo de los acusados sonó una ovación en la galería del público. Agnes levantó la vista: allí estaban Annie la Gorda, Nelly la Olorosa, Winnie la Caballa, Liam el Barrendero, Betty la Sudorosa, Doreen, Catherine, Sandra, Jacko, Splish y Splash, Buda, sus hijos... ¡y Marion! Ella los saludó con la mano y ellos la saludaron y la aclamaron. El juez dio golpes con el mazo.

–Silencio, ahí arriba, o los haré expulsar a todos. ¡Esto es un tribunal de justicia, no un circo!

La sala quedó en silencio. El juez se asomó por encima de sus lentes y, satisfecho por el silencio, se dirigió a la señora Browne.

–Agnes Loretta Browne, se le acusa de agresión con... perdón —dijo, dirigiéndose ahora al secretario—, parece que aquí dice... *pepino*.

El secretario se sonrojó y asintió con la cabeza.

–Sí, señoría, se trata, en efecto, de... esto... un pepino.

El juez pareció desconcertado al principio, y después sonrió y siguió diciendo:

–...Con un pepino, provocando lesiones corporales. ¿Cómo se declara?

–¿Que cómo qué?

–¿Cómo se declara usted, mujer? —dijo el juez con voz tajante.

–Bueno... pues pongo la cara tierna, así... —dijo Agnes, poniendo los ojos melosos y una sonrisa dulce—, y digo: "Oye... te quiero".

El juez miró fijamente a Agnes y después miró al secretario, que se limitó a encogerse de hombros. A continuación, miró de nuevo a Agnes. Ella seguía todavía en actitud de declararse.

–¡Deje de hacer eso! —gritó el juez. Ella dejó de hacerlo. El juez volvió a intentarlo.

–Señora, ¿está intentando burlarse de este tribunal?

–No, señor.

–Señoría.

–Señor señoría.

–No, señor, sólo señoría.

–No, señor Sólo Señoría.

El juez volvió a mirarla fijamente.

El secretario se levantó y se acercó a Agnes.

–Cuando le dirija la palabra debe llamarle *señoría* —le susurró.

Agnes se sintió aliviada.

–Ay, gracias a Dios, porque su nombre completo es larguísimo: yo no sería capaz de aprendérmelo. Dígale que me puede llamar Aggie.

El secretario volvió a su asiento, indicando por el camino al juez con un gesto de la cabeza que todo había quedado explicado.

–Ahora, señora Browne —dijo el juez—, ¿podemos empezar de nuevo?

–Sí... señoría.

–Buena muchacha. Ahora bien, ¿agredió o no agredió usted a la hermana... este... Magdalen, con un pepino, provocándole lesiones corporales? ¿Sí o no?

–Sí.

El juez asintió con la cabeza, pero Agnes no había terminado.

–...y no.

–¿Qué quiere decir con eso? Diga sí o no.

–Bueno, sí le pegué, pero lo único que pasó fue que se le cayó la dentadura postiza. ¡Seguro que no se lesionó por eso!

El juez ordenó al secretario que anotara que la acusada se declaraba "culpable" de agresión y "no culpable" de lesiones. Mientras se cruzaban estas palabras, Agnes interrumpió al juez.

–Cortó el flequillo a mi hija.

–¿Cómo dice? —le preguntó el juez.

–Dije que le cortó el flequillo a mi hija... la monja, que se lo cortó.

–¿Por qué cortó la monja, este, la hermana, el flequillo a su hija?

–Porque fue a casa a cambiarse los calzones.

–¿Qué? ¿Quién se cambió los calzones? ¡Todo esto es muy confuso!

El juez se volvió y se dirigió al garda que había realizado la detención.

–¿Está presente en el tribunal esta, hum, hermana Magdalen?

El garda se puso de pie.

–No, señoría, pero tengo aquí una declaración jurada suya.

–Eso está muy bien, pero yo no puedo interrogar a una declaración y quiero conocer toda la historia.

Agnes levantó la mano, como si estuviera en la escuela, y el juez se fijó en ella.

–¿Desea hablar, señora Browne?

–Sí. Mi hija está aquí. Ella le contará toda la historia.

–Está bien, háganla subir.

Marion llevó a Cathy al estrado de los testigos. Cathy se sentó en la silla con las piernecillas delgadas colgando como los flecos de una cortina. Contó su historia a la sala, en la que reinaba el silencio. Su relato fue interrumpido a veces por los *ohs* y los *ahs* de la galería del público. En un momento dado del relato, el propio juez soltó un "¡Vaya, vaya!". Cuando hubo terminado, la sala era un cuadro digno de verse: el juez con la mano sobre los ojos; el garda que había hecho la detención, rojo de vergüenza, que se volvía a un lado y a otro diciendo a los que estaban a su alrededor:

—Yo no sabía nada de esto, lo juro.

Y, en la galería, Nelly la Olorosa y Winnie la Caballa intentaban reclutar voluntarios para organizar un linchamiento.

El juez se retiró despacio la mano de los ojos. Habló al garda que había hecho la detención.

—¿Desea interrogar a esta testigo, garda?

—Desde luego que no, señoría.

—Bien.

Se dirigió a la señora Browne.

—Señora Browne, voy a retirarle todos los cargos. No obstante, no quiero volver a verla aquí. Puedo comprender y comprendo su ira pero usted debe ceñirse a la ley. Debería haber denunciado esto a la policía.

—¡Ja! —se rio Agnes. ¿Qué policía detendría a una monja fiándose de mi palabra tan deprisa como me detuvieron a mí fiándose de la suya?

Había más de veinte gardai en la sala. Todos se sonrojaron. El juez no supo qué responder. En vez de ello volvió a dirigirse al garda, que había hecho la detención.

—Garda... este...

—Dunne, señoría.

—Garda Dunne. Quiero que visite a esa hermana Magdalen y que le haga saber todo lo que se ha dicho y hecho hoy aquí.

—Sí, señoría.

—No he terminado. También quiero que le diga de mi parte, y en nombre de los gardai, que ¡todas y cada una de las quejas que se reciban de los padres relativas a malos tratos a las niñas que están a su cargo serán investigadas plenamente!

–¡Así lo haré, señoría!

–Señora Browne.

–¿Sí, señoría?

–Llévese a su familia a su casa.

–¡Ay, gracias, señoría!

Sonó entonces una enorme ovación de la galería del público y algunos aplausos por parte de los letrados, procuradores y delincuentes diversos que esperaban tratar sus asuntos ante el tribunal. En medio de todo aquello, nadie observó que Cathy se ponía de puntillas ante la tribuna del juez. El juez sólo vio sus grandes ojos castaños y su flequillo hecho jirones. Se inclinó hacia delante y le preguntó:

–¿Sí, Cathy?

–¿Todavía puedo hacer mi confirmación?

–Sí, Cathy, desde luego que puedes hacer tu confirmación?

Los ojos sonrieron.

–¡Gracias, señor! —exclamó, y salió corriendo a reunirse con su madre.

13

De hecho, el día de la confirmación de Cathy fue un gran éxito. Cuando la peluquera hubo terminado con ella, Cathy estaba más que satisfecha del resultado. Aquel día se puso un traje rosa de dos piezas decorado con florecillas por el borde de la solapa, una blusa blanca de cuello alto y zapatos blancos. El arzobispo McQuaid le administró el sacramento de la confirmación, y para alivio de Cathy, no le hicieron ni una sola pregunta. La ceremonia, que duró una hora y media, fue seguida de un almuerzo en el Café Bewley, que, como siempre, fue suntuoso. Después empezaron las visitas obligadas a los amigos y a los parientes. El medio de transporte para aquel día lo proporcionaba Ned Brady, un panadero local. Ned tenía un austin cambridge, y ponía el coche, sus servicios como chofer, y la gasolina, por cinco libras. Al final del día, Cathy había visitado a doce tíos y tías, a siete amigos de su madre, entre ellos Marion y Tommo, y por fin la taberna de Foley. Agnes y Cathy llegaron a su casa a las nueve de la noche, agotadas. En cuanto entraron por la puerta, Cathy empezó a vaciarse los bolsillos y la bolsa de monedas de media corona, billetes de diez chelines y algún que otro billete de una libra. Agnes fue a su dormitorio y se quitó el vestido "bueno", y con un enorme suspiro de alivio se quitó la faja, que le había dado la sensación de que encogía a lo largo del día. Cuando volvió a la cocina, Cathy estaba sentada ante la mesa con todo su dinero de la confirmación ordenado.

—Bueno, ¿qué tal te ha ido? —le preguntó Agnes.

—Dieciséis libras y doce chelines —respondió Cathy con voz de asombro.

—¡Dios mío, qué suerte tienes! Cuando yo hice la confirmación no me dieron más que ocho chelines, y me quedé encantada.

El caballo de batalla de todos los padres.

Cathy se quedó sentada contemplando su dinero. Tanto dinero, más del que ella había visto junto en su vida. Agnes se sentó a la mesa ante ella.

—Entonces, ¿has decidido qué vas a hacer con todo, cielo?

—Sí —respondió Cathy, satisfecha de sí misma.

—Entonces, ¿qué vas a hacer?

—Bueno, he pensado dar dos chelines a cada uno: a Dermo, a Rory, a Simon y a Frankie. Media corona a Marko. Eso suma... diez chelines y seis peniques, ¿verdad? Y un chelín y seis peniques para comprar una pelota a Trevor. Así quedan dieciséis libras, ¡y yo me quedo una libra para mí!

La niña brillaba de emoción por la posibilidad de ser Santa Claus.

—Todavía te quedan quince libras, cielo. ¿Quieres que te las guarde yo? —le preguntó Agnes.

—No, mamá: ¡son para ti!

—¿Para mí?

Agnes se quedó estupefacta. Quince libras equivalían a los beneficios de tres semanas en el puesto.

—¡Sí! ¡Para ti, mami! Para que te compres lo que quieras.

—¡Ay, eres muy buena, cielo, pero no puedo!

—Mamá, tómalo, por favor. Quiero que te lo quedes. ¡Cómprate unos discos de Tom Jones!

Agnes se rio.

—Con ese dinero podría comprarme todos sus discos. No: te diré lo que voy a hacer con él: ¡voy a poner alfombra en el suelo! Una buena pieza de exminister, nada de esa tintain, verdadera exminister con base de arpillera y todo. ¿Verdad que sería bonito?

—Precioso, mamá. ¿Puedo ir contigo cuando vayas a comprarla?

—¡No sólo puedes venir, sino que la elegirás tú!

Cathy se quedó extasiada.

—¡Estupendo! —chilló, y rodeó la mesa corriendo para abrazar a Agnes.

—¡Chist! —susurró Agnes. Vas a despertar a los muchachos. Vete a la cama y cuelga ese traje. ¡A lo mejor tengo que empeñarlo!

Cathy había empezado a irse, pero se volvió, horrorizada, cuando oyó la palabra "empeñarlo".

–Sólo era una broma, cielo —dijo Agnes, riéndose. Y Cathy se rio también mientras iba a su dormitorio, flotando.

Agnes forcejeaba con el cochecito de niño bajando los escalones, seguida de Cathy, que llevaba a Trevor. El "bebé" era enorme para su edad, pero, a diferencia de todos sus demás hijos, que iban andando a todas partes al cumplir los tres años, Trevor se empeñaba en que lo llevaran en brazos o en el cochecito. Por otra parte, Trevor tardaba en hablar. A los tres años, Mark recitaba el abecedario, Dermot contaba mentiras y Cathy te cantaba la canción que quisieras. Pero Trevor no. No es que fuera retrasado; sencillamente, era un completo holgazán. Su vocabulario constaba de unas treinta palabras. Agnes sospechaba que sabía muchas más pero que, sencillamente, no quería usarlas. Sus expresiones más comunes eran, por supuesto, las que no querías que dijera: las cosas como "jódete", o "¡ay, mierda!", o "tócame el culo" le salían con claridad meridiana. También, por algún motivo, había impuesto nombres extraños a las cosas, y por mucho que Agnes intentaba enseñarle los nombres correctos, él se aferraba tercamente a los que había elegido él. Por ejemplo, "desayuno" era "raga raga". Esto no se parecía en nada a "desayuno", pero cuando Trevor decía "raga raga" le daban un plato de cereales. Su pene era el "mu mu". Agnes intentaba hacerle decir "pirinola", pero no cambiaba de ninguna manera. En estos momentos, Trevor estaba gritando "Día co", lo que significaba que sabía que lo iban a pasear por Dublín en su cochecito.

Cuando Agnes llegó al pie de las escaleras tomó a Trevor de manos de Cathy y lo puso en el cochecito. Lo ató con las correas y a continuación preguntó a Cathy: "¿Dónde está la cuerda?". La cuerda se utilizaba en combinación con las correas. Dado que Trevor había dominado el arte de desabrocharse las correas, ahora Agnes lo ataba también al cochecito. La cuerda se le ataba a un tobillo, se pasaba alrededor de una de las barras laterales, por el pecho del niño, por detrás del cochecito, otra vez por su pecho, alrededor de la barra lateral opuesta, y se ataba por fin al otro tobillo. Los vecinos llamaban al niño "Houdini".

Precisamente cuando Agnes, Cathy y el cochecito estaban a punto de salir a la calle, entró la señora Ward. Echó una gran sonrisa a los tres.

–Buenos días, señora Browne —dijo.

–Buenos días, señora Ward.

–Hola, Cathy.

–Hola, señora Ward.

–Ah... ¡y hola, Trevorcito!

–Jódete —respondió Trevor con una sonrisa, y, dicho eso, el trío salió a la calle.

Aquél era el día en que iban a elegir la alfombra nueva. Agnes se dirigió hacia el centro bajando por la calle James Larkin. Cuando bajó cerca de la tercera parte de la calle, observó que había unos obreros trabajando en la fachada de una tienda, enfrente de la taberna de Foley.

–¿Qué hacen allí? —preguntó a Cathy.

–Es una freiduría nueva.

–¿Una freiduría? ¡Si ya tenemos la de Macari! ¿Para qué queremos otra?

–No, ¡no es de esa clase, mamá! Van a vender pizzas.

–¿Qué son las pizzas?

–No lo sé, pero Cathy Dowdall dice que están riquísimas.

–¿Son extranjeras?

–Deben de serlo.

–Bueno, los Browne no van a comer nada que sea extranjero, así que ¡ya se las pueden guardar!

Ya estaban a la altura de la nueva tienda, y Agnes se asomó por la cristalera. Lo que la hizo detenerse fue la moqueta. Para empezar, ella no había visto nunca moqueta en una freiduría, y además la alfombra que había en aquel suelo era exactamente lo que ella tenía pensado para el departamento. Retrocedió para mirarla bien. Salió un hombre de la tienda. Estaba bronceado y era guapo y muy atractivo. El hombre vio a Agnes allí de pie, con la cara pegada a la cristalera de la tienda e intentando taparse al mismo tiempo los reflejos con la mano. Era francés, acababa de llegar a Irlanda para instalar la pizzería de su padre, y aquél era su primer contacto con una mujer irlandesa.

—Todavía no hemos *abiegto, señoga* —probó a decir. Agnes se volvió y lo miró. Era francamente guapo.

—¿Cómo dice?

—¡Digo... que el local no esta *abiegto!*

—¿Que el local no está abierto, eso quiere decir?

—¡Sí, está *cegado!*

—¿Cómo dice? ¿Que está cagado?

—Eso es, *abguimos* esta noche.

—No, dije *cagado*, ah, ¡no importa! Mire, ¿dónde compraron esa alfombra?

—*Pegdone,* habla demasiado *depgrisa.*

—¿Demasiado deprisa? Bueno.

Agnes señaló la alfombra.

—¿Dónde... compraron... esa... alfombra... este... *alfombré?*

Agnes ya estaba con una rodilla en tierra dando palmadas en el suelo. Acudió otro hombre junto al primero, y los dos miraron a Agnes como si estuviera loca. Agnes lo intentó otra vez, dirigiéndose esta vez al segundo hombre.

—*Perdoné...* la *alfombré...* ¿en qué *tiendé...* la compraron... eh?

El segundo hombre arrugó la frente, volvió la cabeza hacia la puerta de la tienda y gritó:

—¡Eh, muchachos! ¡Salgan a ver a ésta! Está loca.

—¡Usted habla inglés! —exclamó Agnes.

—Soy de la calle Sheriff, cielo, allí lo hablamos casi todos.

—Bueno, pues él no —dijo Agnes, señalando al extranjero.

—Ah, es francés, pero es buena persona. Compraron la alfombra en McHugh, en la calle Capel, cielo.

—Ah, gracias. Es bonita, ¿verdad?

—Sí, lo es. Sí que es bonita.

—Hasta luego, gracias —Agnes agarró el cochecito y siguió empujándolo. Pero el francés la tomó del brazo y la detuvo.

—¡Hola! Me llamo Pierre —dijo con una sonrisa.

—Ah, qué bonito. Me alegro por usted.

Agnes quiso seguir adelante, pero él no quiso soltarla. Ella le miró la mano. No llevaba alianza. La soltó.

–¿Y cómo se llama usted, *señoga*.

–Me llamo Agnes. Agnes Browne.

–Usted es muy bella, *Agnes Bgoun*.

Agnes se sonrojó y se apartó de él.

–¡Cuidado con esa boca, so... so... francés!

Agnes bajó apresuradamente por la calle hacia el centro. Poco antes de doblar la esquina miró hacia atrás. Él estaba de pie donde lo había dejado, con una mano en el bolsillo y mirándola. Levantó la otra mano y la saludó. Agnes echó hacia atrás la cabeza con indignación y dobló la esquina.

–¡Tiene buena facha, mamá! —dijo Cathy.

Agnes soltó una risita y dijo:

–¡Sí que la tiene!

Comprar la alfombra estuvo fácil. Cuando entraron por la puerta de McHugh sabían exactamente lo que querían. Tardaron cinco minutos, ni más ni menos. Cathy se quedó un poco desilusionada, pero no dijo nada porque veía que mamá sonreía, radiante.

14

El verano trajo un nuevo calor a la calle Moore, en todos los sentidos de la palabra. Para empezar, había más actividad, y los compradores que paseaban ahora subían y bajaban por la calle del mercado con una sonrisa en la cara. El aroma de las fresas y de las frambuesas recién cortadas flotaba por el aire, y los gritos melodiosos de los vendedores callejeros, salpicados de risas, daban a Agnes alegría de vivir. En cuanto le pasó por la cabeza este pensamiento, echó una mirada a Marion y tuvo una extraña sensación de culpabilidad.

—¿Estás bien, Káiser? —le gritó desde el otro lado de la calle.

Marion levantó la vista al oir su mote, y cuando sus ojos se cruzaron con los de Agnes, sonrieron: los puntitos grises se convirtieron en ranuritas grises.

—¿Cómo va a estar bien una con toda la mierda que hay que aguantar aquí? —dijo Marion, señalando con un gesto del brazo a los cuatro compradores que revolvían la fruta de su puesto. Una compradora, dándose cuenta de que el gesto la señalaba a ella, levantó la vista y soltó un bufido. Marion le devolvió el bufido.

"Sí, estás bien, Marion", pensó Agnes.

—Elíjame tres manzanas buenas para guisar, para hacer tartas de manzana —ordenó la mujer a Marion.

—¡Que se las elija! ¿Quiere que se las pele también? Claro, como no tengo otra cosa que hacer... —replicó Marion.

La mujer se quedó sorprendida al principio, pero después, viendo la sonrisa descarada en el rostro de Marion, se echó a reir, y Marion se rio también.

–Aquí tiene, señora, tres de las mejores que tengo, y son nueve peniques.

La mujer entregó los nueve peniques y siguió su camino con una ancha sonrisa en el rostro. Marion miró a Agnes y le dirigió un leve guiño.

–No sé cómo te sales con la tuya —le gritó Agnes.

–Porque soy adorable y tierna, y mis manzanas son las mejores —respondió Marion con una risa.

Agnes sonrió para sus adentros. Parecía que Marion no perdía nunca el ánimo, a pesar de que Agnes veía que se iba deteriorando poco a poco con el paso de los días.

Desde aquella noche en el calabozo, Agnes no había pronunciado nunca la palabra "cáncer" delante de Marion, y Marion podía jactarse de lo mismo. No obstante, a Agnes se le hundía un poco el corazón cada día. Primero fue el color de la piel de Marion. Había adquirido de pronto un bronceado amarillento. Marion lo explicaba diciendo:

–Ah, son las malditas medicinas que me dan, me dejan hecha trizas.

Agnes intentó convencer a Marion de que se quedara en su casa, de que dejara el puesto una temporada. "Hasta que vuelvas a estar buena." La mentira se le atragantó. Pero Marion no lo consintió. La vida siguió adelante como siempre. Marion estaba esperando a Agnes todas las mañanas a las cinco, y se ponía en marcha para trabajar todo el día. Trabajaba tanto como siempre, y si bien al principio Agnes la observaba y se preocupaba por ella, por fin Agnes empezó a tranquilizarse y a limitarse a disfrutar de la compañía de Marion.

–Debe de ser la hora —volvió a gritar Agnes a Marion.

–Sí lo es. Voy dentro de un momento —respondió Marion. Ya solo faltaban un par de minutos para el descanso ritual de la mañana. Las dos esperaban con ilusión sus charlas de las mañanas. Agnes se volvió para servir a un cliente otra bolsa de cuatro libras de papas. Muchas veces se sentía como si su vida no estuviera compuesta más que de bolsas de cuatro libras de papas. Las personas de todas las profesiones medían sus vidas de diversos modos; pues bien, Agnes Browne medía la suya en bolsas de cuatro libras de papas. Ganaba seis peniques por cada bolsa de cuatro libras, de manera que si quería, por ejemplo, un vestido que costaba dos libras, Agnes pensaba inmediatamente: "¡Son ochenta bolsas de papas que tengo que vender!", y se preguntaba si valía la pena.

Al cabo de pocos minutos ya había llegado Marion, habían dado la vuelta a las cajas, habían servido el Bovril, habían encendido los cigarrillos y habían comenzado la charla de la mañana. Aquella mañana fue Marion la que dijo la primera frase.

–Me quedé orgullosísima de ti en aquel tribunal, Agnes, tuviste toda la razón del mundo.

–¡Fui estúpida!

–¡Estúpida! No, tuviste razón.

–¡No! Marion, tenía razón el juez, o la señoría, o como se llamase. Debí haber acudido a los guardias.

Marion lo pensó, dio un trago a su Bovril y otra fumada a su cigarrillo y después sacudió la cabeza y dijo:

–¡No! Si se hubiera tratado de mi hija, yo habría hecho lo mismo.

Agnes no respondió, y las dos mujeres pasaron unos momentos mirando por la calle. Aunque al visitante ocasional la calle Moore le parecía una cacofonía de voces, las dos mujeres eran capaces de distinguirlas entre sí, y captaron con facilidad la respuesta que daba Winnie la Caballa cuando una clienta le preguntaba si el pescado estaba fresco.

–¡Fresco! —decía Winnie. ¡Fresco! Señora, yo le garantizo que si se lleva este pescado para su hombre, tendrá que echarlo esta noche a la calle con el gato.

Oían a Doreen Dowdall, en su puesto de flores, y a la mujer que le preguntaba:

–¿Vienen de Holanda estas flores?

Y a Doreen que decía:

–No, cielo, de bulbos. Salen de bulbos.

Hasta a noventa metros de distancia oían a las hermanas Robinson tartamudas que gritaban:

–¡Fre... fre... fresas maduras! ¡Fre... fre... fresas maduras!

La mirada de Agnes recayó de nuevo sobre Marion: el cuerpo minúsculo de ésta estaba siempre cargado de energía; nunca decía una palabra desagradable de nadie; sí, es verdad que siempre tenía un comentario cáustico, pero sin hacer nunca el menor daño. Agnes no se imaginaba cómo habría podido soportar sus primeros cuatro meses de viudez sin tener a Marion a su lado. Todos los niños Browne la llamaban "la tiíta Marion", y ella los quería como si fueran hijos suyos.

–Marion... —dijo Agnes suavemente.

–¿Qué?

–¿Te arrepientes alguna vez de no haber tenido hijos... ya me entiendes, más hijos?

–Ay, Jesús, sí. Pero después de que muriera Philomena, no sé... parecía que Tommy no tenía interés. No fue porque no lo intentáramos, supongo, pero él estaba desganado y supongo que yo también.

Philomena había sido la primera y única hija de Marion. Después de la muerte de Philomena, Agnes había oído hablar mucho de la muerte súbita de los recién nacidos, pero hasta entonces no había oído nada de ello. Le vino a la cabeza el recuerdo horrible de aquella mañana de invierno, ocho años atrás, cuando Tommo apareció ante la puerta de Agnes diciendo: "Agnes, haz el favor de bajar, Marion no puede despertar a la niña", y el espectáculo lastimoso de Marion sentada en el borde de la cama y acunándola, arrullándola y diciendo "sssss", y volviendo a arrullarla, y después negándose a entregar el bulto a los de la ambulancia cuando llegaron. Agnes conservaría aquel recuerdo mientras viviera.

Marion se inclinó hacia Agnes y le dio una palmadita en el regazo, sacándola de sus reminiscencias.

–¡Desde luego, siempre tengo a los tuyos! Bien sabe Dios que son un buen puñado, suficiente para las dos —dijo, y sonrió.

Agnes dio un respingo.

–Jesús, hablando de los míos... Mark se va de campamento. ¡Es el campamento de sus actividades de verano, y tengo que conseguirle una tienda de campaña! ¿De dónde voy a sacar una tienda de campaña?

Agnes miró a su alrededor como si esperara encontrar una allí mismo, en la calle.

–¿Tienes que conseguírsela ahora? —preguntó Marion.

–Bueno, sale mañana por la mañana. Buda dijo que me dará una usada del ejército... pero ni rastro. Marion, ¿me echas un ojo? ¡Voy a ver si la hay en alguna tienda!

–Claro que sí —dijo Marion. ¡Ve, tarda lo que quieras, cielo!

Agnes se quitó rápidamente el delantal, dijo: "Gracias, Marion", y desapareció calle Moore arriba.

Pero al final no tardó demasiado. Agnes volvió al cabo de media hora con una sonrisa de oreja a oreja. Saludó a Marion con la mano desde el otro lado de la calle.

–¡Ya la tengo! Me habían dicho que sería cara pero he comprado una por quince chelines. ¡Enorme! Y nuevecita, además.

–Ah, es estupendo —dijo Marion, saludándola a su vez con la mano. Mark estará encantado.

Las actividades de verano contribuían mucho a evitar que los jóvenes Browne se metieran en líos. Eran una idea del padre Quinn. Éste era un cura joven que había llegado a la parroquia hacía seis años y había traído consigo muchas ideas jóvenes. Había sido el padre Quinn quien había organizado el Club de Boxeo San Jarlath, al que pertenecía Dermot. Había sido el padre Quinn quien había convencido a la señora Shields, la anciana que tocaba el órgano en la iglesia, para que pusiera en marcha las clases de baile de salón de los domingos por la tarde, a las que asistía Cathy. Y el padre Quinn dirigía el equipo de futbol de los niños, el City Celtic, en el que jugaba Mark. Agnes Browne y la comunidad de El Jarro tenían mucho que agradecer al padre Quinn. Aquellas actividades de verano eran muy variadas. Había un día de los deportes para los niños en El Jarro. Había mañanas de pintura para los más pequeños, e incluso se llevó un día a treinta y cinco niños a los balnearios públicos de la calle Tara, donde se pasaron todos una hora chapoteando.

El campamento iba a ser la última de las actividades de verano, y el padre Quinn esperaba con deleite los tres días que iban a pasar fuera, como los esperaban los cuarenta niños que iba a llevarse consigo. Agnes se quedó encantada cuando oyó decir a Mark que quería ir. "Bien sabe Dios que se ha ganado los cinco chelines que costaba", pensó ella. Estaba preocupada por Mark desde la muerte de Redser, y ahora que había terminado la escuela Mark decía que no tenía ninguna intención de seguir estudiando en el instituto de formación profesional y que quería encontrar un trabajo. Aquello la alteraba, pues no quería que Mark acabara siendo otro Redser, pero sabía que un enfrentamiento directo sólo serviría para que él se pusiera más terco: al fin y al cabo, también era hijo *de ella*. De modo que había decidido que la mejor manera de llevarlo sería la persuasión suave, y una vez al día, más o menos, soltaba una pequeña indirecta acerca de lo importante que sería estudiar más. Pero no parecía que estuviera dando resultado. Mark parecía decidido. Puede que los pocos días de acampada con el padre Quinn lo hicieran cambiar de opinión.

Mark, como siempre, se levantó con las primeras luces en la mañana del campamento. Se dirigió en línea recta al dormitorio de Agnes y la sacudió suavemente.

–¡Mami! ¡Mamá! ¡Mami!

Agnes se movió un poco primero, y después se volvió lentamente hacia él.

–¿Qué, cielo? ¡Qué! ¿Qué pasa?

–¡La tienda de campaña! ¿Conseguiste la tienda de campaña?

–Está allí fuera, en la mesa de la cocina. Está envuelta en papel de envolver café, y tiene dos cordeles que te puedes meter en los brazos para llevarla como una mochila.

A Mark le pareció bien, dado que él no tenía mochila. Tenía preparado el traje de baño y la toalla, y unos huevos duros y rebanadas de pan y mantequilla envueltos en papel de aluminio y metidos en una bolsa del mercado de plástico. Salió corriendo a la mesa de la cocina y se probó el bulto café.

–¡Yuju!

Estaba encantado. Era como un verdadero campista. Se lavó y se vistió en diez minutos, se echó a la espalda el bulto café, agarró la bolsa de plástico con todas sus cosas y fue bajando las escaleras para emprender su camino hacia el punto de reunión con el resto de los aventureros, frente a la iglesia de San Jarlath. Hacía un hermoso día, fresco y soleado, y Mark daba grandes zancadas camino de San Jarlath. Llegó ante la iglesia y se encontró en un verdadero manicomio. Un grupo de muchachos jugaba al futbol contra la pared de la iglesia, mientras otro grupo se peleaba Dios sabe por qué. Había dos muchachos sentados en la escalinata de la iglesia bebiendo grandes tragos de leche de botellas de un galón que habían robado de delante de una puerta por el camino.

El padre Quinn salió de la sacristía y no tardó en imponer a golpes algo parecido al orden entre los niños. Después los alineó en dos filas y fueron desfilando como un ejército calle O'Connell abajo. Mark se sentía como un soldado. Al fondo de la calle O'Connell se subieron de dos en dos al autobús de Blessington. El padre Quinn decidía quién se sentaba con quién, y, a pesar de sus súplicas al padre Quinn, Mark acabó sentado junto al Número Once. El Número Once era David Molloy, y debía su nombre al flujo constante de mocos que le salía de la nariz. Sólo lo llamaban Número Once en verano; en invierno, los niños lo llamaban Burbujas, por razones evidentes. Mark acabó sentándose donde le mandaban que se sentase, pero vigiló de cerca al Número Once, y cada vez que Once se inclinaba a la derecha, Mark se apartaba como si Once padeciera una enfermedad contagiosa. El viaje duró dos horas, y Mark tuvo que pasarse concentrado todo ese tiempo.

El padre Quinn sólo se sabía una canción: "Dónde has pasado todo el día, Henry, hijo mío", y los muchachos la coreaban con entusiasmo. Cuando iban llegando a Blessington, empezó a cantarla por octava vez y los niños gruñeron. Por fin, el padre Quinn se puso de pie y, cuando consiguió que todos le prestaran atención, empezó a hablar:

—Ahora, niños, casi hemos llegado, y en seguida pasaré a darles a cada uno seis peniques para sus gastos.

Esto fue acogido con una enorme ovación. El cura levantó la mano y consiguió por fin que se hiciera el silencio, y siguió diciendo:

—Si quieren, pueden gastarlos en caramelos, pero hagan el favor de recordar que esos caramelos les tienen que durar, porque, después de que salgamos de Blessington de camino, pasaremos tres días sin volver a ver la civilización.

Blessington no estaba bien preparado para lo que estaba a punto de caerle encima. Aunque Blessington era un pueblecito pintoresco, no era un pueblecito aletargado, y sus habitantes y sus comerciantes eran muy conscientes de sus posibilidades turísticas; y aunque en la plaza mayor sólo había algunas tiendas pequeñas y dispersas, éstas ofrecían todo lo que podían necesitar los turistas. En la acera de enfrente de donde se detuvo el autobús había una tiendecita. Todas las mañanas de verano, el tendero salía temprano y colgaba todas sus mercancías llenas de colorido en ganchos alrededor de la puerta. Había flotadores inflables para los niños que iban a nadar, cubetas y palas de vivos colores, balones de todos los colores y rehiletes que giraban suavemente al viento en sus palitos. A cualquier persona que se bajara del autobús aquella tienda le habría parecido pintoresca. Al pequeño ejército de El Jarro del padre Quinn, aquella tienda le pareció el sueño de un ratero.

Veinte minutos más tarde, la tropa subía por el sendero de montaña que salía del pueblo, cada niño con los bolsillos llenos de caramelos, postales, galletas, latas de salmón, encendedores y cigarrillos. Los dirigía, orgulloso, el padre Quinn, mientras en la tienda el tendero se rascaba la cabeza y contemplaba los cinco chelines que había conseguido arrancar a los muchachos. Después de adentrarse en las montañas seis kilómetros, y de tres ráfagas jadeantes más de "Dónde has pasado todo el día, Henry, hijo mío", por parte del padre Quinn, el grupo llegó a un lago. El padre Quinn se volvió hacia los niños, lo señaló orgullosamente con el brazo y proclamó:

—Muchachos, los he traído a la tierra que mana leche y miel.

De alguna parte del interior del grupo salió una vocecilla que decía: "A mí me parece agua podrida", que fue recibida con una oleada de risa.

El grupo entró en el campo y bajó después hasta el borde del lago. El padre Quinn reunió a su alrededor a los niños y les dijo:

—Muchachos, dejen el equipaje, y lo primero es lo primero: todo el mundo debe recoger leña para la hoguera.

Sonó una gran aclamación y los niños se dispersaron en todas las direcciones.

—Asegúrense de que es leña muerta —les gritó el padre Quinn, y cuando fue llegando la leña poco a poco, estaba decididamente muerta: ¡alguna llevaba muerta tanto tiempo que la habían convertido en puerta o en valla de postes! Dos de los muchachos llegaron, incluso, con su leña en una carretilla. Cuando el padre Quinn les preguntó de dónde habían sacado la carretilla, ellos juraron que se la habían encontrado, como habían jurado lo mismo los muchachos que habían traído la puerta y la valla. ¡El padre Quinn no se podía quitar de encima la sensación de que habían agarrado la carretilla del jardín de alguien y de que la habían podido sacar fácilmente porque faltaba la valla! Le daba miedo imaginarse siquiera de dónde había salido la puerta.

Aquella tarde, hacia las ocho, los muchachos empezaban a estar cansados y el padre Quinn decidió dejar que todos montaran las tiendas. Midió con pasos sitios a un metro y medio de distancia entre sí y les ordenó que empezaran. Mark tomó con regocijo su paquete de papel café y empezó a desatar la cinta, mientras Sean O'Hare desenvolvía el suyo a su lado. La tienda de Sean O'Hare era una tienda de campaña normal del ejército, de una plaza, comprada en una tienda de segunda mano de Dublín: verde caqui con dos postes cortos y una lona para el suelo. Cuando Mark desenvolvió su paquete, ¡tenía ocho postes!

–¡Sean! —gritó—, ¿tiene que tener ocho postes una tienda?

–Sólo si tienes cuatro tiendas —dijo O'Hare.

Pero Mark comprendió en seguida que los postes se encajaban los unos en los otros, y en vez de ocho postes tuvo cuatro postes largos. Volvió a pedir consejo a O'Hare.

–¡Sean! Tengo cuatro postes: ¿está mejor así?

–Sí, si tienes dos tiendas —dijo O'Hare. Saca la tienda y ábrela, y entonces verás cuántos postes necesitas.

Mark abrió la segunda bolsa café. Lo primero que observó fue el color vivo anaranjado de la tela de su tienda. Cuando desplegó el tejido y lo extendió por el suelo, lo que vio a continuación fueron los símbolos de los indios estadunidenses que estaban pintados por fuera.

O'Hare se rascaba la cabeza.

–¿Qué diablos es eso?

–Es mi tienda —dijo Mark.

–¿Estás seguro de que no es un vestido? —dijo O'Hare, y se rio en voz alta. El color anaranjado vivo de la tienda había llamado la atención a los muchachos de veinte metros a la redonda, que se reunieron alrededor de Mark para ver qué clase de tienda estaba montando éste. El primero que lo vio fue el Número Once.

—Es una condenada tienda india —gritó, y todos los muchachos se rieron.

—No seas estúpido —dijo Mark—, ¡es mi tienda!

—Te digo que es una condenada tienda india —siguió diciendo el Número Once—, las he visto en las jugueterías.

Mark sólo tardó unos segundos en darse cuenta de que el Número Once tenía razón. Era, en efecto, una tienda india. De color anaranjado vivo, rodeada de dibujos indios. Agnes había comprado a su hijo un tipi. Y, así, durante las tres noches que pasaron en las montañas de Wicklow, Mark Browne durmió sentado y se ganó el apodo de Toro Sentado. El caminante que pasara por allí vería el lago y todas las tiendas caqui en formación militar con un cura que desfilaba por delante, arriba y abajo, y en medio de todas ellas una tienda india de color anaranjado vivo.

Cuando Mark regresó de su aventura de tres días, estaba menos dispuesto que nunca a atender los consejos de su madre, y toda idea que hubiera tenido ésta de impedirle ponerse a trabajar y de animarlo a volver a la escuela había ido a la calle con la tienda india, por así decirlo.

15

Los demás muchachos Browne también hicieron sus excursiones de verano, y gracias a la obra de San Vicente de Paul consiguieron incluso ir de vacaciones. Pasaron dos semanas en la "Casa del Sol", en Skerries. Agnes bendijo una vez más a los de San Vicente de Paul.

La propia Agnes pasó con Marion el tiempo que estuvo sin los niños. Las dos bebían, consersaban, paseaban, e incluso hicieron un par de viajes al campo en autobús. Agnes veía a Marion más llena de vida que nunca, y las dos se reían hasta la locura. Pero cuando el sol empezó a ponerse un poco más temprano y el aroma del verano se fue diluyendo en el aire, el entusiasmo de Marion empezó a apagarse. Hacia mediados de otoño se cansaba con más facilidad. Empezó a sufrir enormes cambios de humor, con los que tenía que cargar Tommo, que estaba cada vez más deprimido. Agnes se daba cuenta de que era como si Marion supiera que acababa de pasar su último verano. Agnes intentó una vez más convencer a Marion de que descansara una temporada del puesto y pasara más tiempo en casa.

—Si me quedo en casa todo el día, todos los días, me muero —decía Marion con una sonrisa irónica. Agnes se preguntaba si lo sabía. Sospechaba que sí lo sabía, pues Marion empezaba a hacer cosas raras, cosas que no le iban. Por ejemplo, ahora tomaba a Tommo de la mano, en la taberna, o cuando iban de tiendas, constantemente. Y una mañana helada, cuando Marion se acercó con el Bovril para el descanso de la mañana, mantuvieron una conversación poco común.

Cuando hubieron encendido los cigarrillos, llegó el momento de la conversación ritual, pero en vez de la charla intrascendente habitual, Marion empezó con una pregunta:

–¿Tienes algún sueño, Agnes?

–Ay, Jesús, sí que lo tengo. Me encantaría que me tocara la lotería y largarme de aquí a todo vapor.

Las dos se rieron. Después, hubo una pausa.

–Ay, no, quiero decir sueños *de verdad* —volvió a preguntarle Marion.

–¿Como los que se tienen en la cama por la noche?

–No... ¿Cómo te lo diría? Ya sabes, a veces sientes que la vida te está pasando de largo... que no estás haciendo nada, ah, sí que estás ocupada, pero tú no estás *haciendo* nada. ¿No sientes eso a veces?

–No tengo ni idea de qué diantres me hablas.

–Ah, ya sabes...

–No lo sé, Marion, no lo sé. Ocupada sin hacer nada: ¿qué demonios quiere decir eso?

–¡Tom Jones! —exclamó Marion.

–¿Qué pasa con él?

–Tú me dijiste una vez que te encantaría bailar con Tom Jones. ¿No es verdad?

–Sí.

–¡Bueno, pues eso es lo que quiero decir! Ése es un sueño de verdad. ¡Eso es algo que *podría* pasar!

–Ah, claro, Marion. Tom va a bajar por la calle Moore hasta mi puesto y me va a decir: "Hola, qué tal, Agnes, dame cinco manzanas rojas, y ven aquí, ¿quieres bailar conmigo?".

–Podría pasar. ¡Pero no estoy segura de lo de las manzanas!

Las dos mujeres volvieron a reirse, y Agnes se sintió aliviada al ver que Marion no estaba perdiendo la chaveta. Pero Marion no había terminado todavía.

–¿Sabes qué me gustaría hacer a mí antes de morirme?

Marion dijo esto sin mirar a Agnes, y, del mismo modo, Agnes apartó la vista, se rascó el cuello e intentó poner la voz más despreocupada que pudo.

–¿Qué?

–¡Me encantaría aprender a conducir! —exclamó Marion, emocionada.

–¿Qué? ¿A conducir? ¿A conducir qué?

–¡Un coche, claro está!

—Pero si tú no tienes coche.

—¿Y qué? Hay gente que aprende español.

—¿Qué tiene que ver eso con conducir un coche?

—Hay gente que aprende español y no va a España, así que ¿por qué no voy a aprender yo a conducir?

Agnes no tuvo respuesta para aquella lógica aplastante. Se limitó a quedarse allí sentada, boquiabierta. Marion lo interpretó como una petición de más información y siguió hablando.

—En la calle Talbot hay una escuela para conducir. Me pasé por ahí, y quince clases cuestan nueve libras. Así te ahorras más de dos libras, pues cada clase cuesta quince chelines. Es una oferta especial para antes de navidad. ¿Qué te parece?

Agnes seguía sin cambiar de expresión. Iba digiriendo todo aquello despacio. Habló despacio también:

—¿Vas a gastarte nueve libras... para aprender a conducir una cosa que no tienes?

—Es mi sueño...

—¡Carajo con el sueño! Búscate un sueño más barato. Has perdido el juicio, Marion, de verdad, ¡es ridículo!

Ninguna de las mujeres volvió a hablar durante un rato; bueno, al menos no se volvieron a hablar la una a la otra. Agnes tomaba un trago de Bovril y se decía a sí misma: "Conducir, y un demonio", y aparte de aquello guardaron silencio. Marion se puso de pie y agarró los tazones, se alisó el delantal y volvió a enroscar el tapón en el termo. Estuvo a punto de marcharse, pero en vez de ello puso la mano en el brazo de Agnes y le dijo:

—¡Si te ofrecieran bailar con Tom Jones por nueve libras, no lo dudarías, caramba!

Y se marchó de nuevo a su puesto.

Y aquello no había terminado. Aquella noche, después del bingo, Marion volvió a sacar el tema. Las dos iban por su segunda ronda de tarros, ya habían terminado de hacer la autopsia al bingo, y, como de costumbre, las dos observaban lo que pasaba en las mesas a su alrededor.

—Allí está Dermot Flynn —señaló Marion.

—¿Dermot Flynn? ¿Dónde? —preguntó Agnes, estirando el cuello.

—Allí, en la mesa del dominó.

–Ah, ya lo veo. Tiene buen aspecto.

–¿Está contento con haberse ido a vivir a las afueras?

–No lo sé. No los he visto desde que se mudaron. Puedes estar segura de que ella está contenta. ¡Ésa se da muchos aires!

–Sí, ella no se podía conformar con vivir en el centro —dijo Marion, confirmando que la esposa de Dermot Flynn era una snob.

–Claro que... —siguió diciendo Marion—, cuando sabes conducir, puedes moverte por donde quieras.

Bebió un trago. Agnes vio agitarse el agua en su vaso. Estuvo tentada de cambiar de tema y molestar a Marion, pero ya lo había estado pensando. Marion tenía razón: Agnes estaría dispuesta a pagar nueve libras por hacer realidad su sueño y bailar con Tom, ¡pagaría noventa libras si las tuviera! Así que, si Marion podía hacer realidad su sueño, por tonto que fuera, ¿por qué no iba a hacerlo realidad ella? Así que mordió el anzuelo.

–Lo he estado pensando, Marion.

–¿Qué, Agnes?

¡Marion se estaba regodeando!

–En lo de que tú aprendieras a conducir, lo que has dicho hoy.

–¡Ah, sí! Caray, ya no me acordaba... ¿Qué hay de eso?

–¡Que tienes razón!

–¿Sí? ¿Eso crees, Agnes? —dijo Marion, ya emocionada.

–¡Sí, la tienes, hazlo!

–Me encanta que estés de acuerdo, Agnes. ¡El hombre de la escuela para conducir dijo que podíamos ir las dos el martes por la tarde a aprender la primera!

–Qué bien. ¡Un momento! ¿Cómo que *las dos*?

–Las dos. Tú y yo. Yo no pienso subirme sola en un coche con un desconocido.

–Bueno, pues yo no me subo contigo... ¿quién va a conducir?

–Yo.

–¡Vete a joder a otra parte, Marion Monks, si te has creído que estoy dispuesta a ser tu primera víctima!

–Ay, no te va a pasar nada, Agnes. El coche tiene controles a su lado también, es... es *bisexual*, él puede tomar el control siempre que quiera. Tú sólo tienes que sentarte atrás... para darme apoyo *mortal*, ¡eso es todo!

    –No.

    –Agnes... por tu amiga.

    –¡NO, NO, NO!

    –Te invito una sidra. ¡P. J., cuando puedas!

    –Puedes invitarme toda la sidra del mundo pero la respuesta es NO. Ene O. ¡NO!

16

Los ojillos grises de Marion centelleaban de emoción reflejados en el espejo retrovisor interior, pequeño y alargado.

—¿Vas bien allí atrás, Agnes?

—Tú no te preocupes por mí, mira el pinche camino.

Agnes estaba aterrorizada. No creía que se hubiera dejado convencer por Marion para hacer aquello.

—Agnes, relájate, por el amor de Dios —dijo Marion, volviendo la cabeza desde el asiento del conductor. ¡Cómo estarías si el coche estuviera en marcha!

—No toques nada, ¿me oyes? Espera a que salga el hombre. No toques nada... ¡Ay, mierda, nos estamos moviendo!

—¡No nos movemos! Ay, Agnes, ¿quieres estarte quieta? ¡Si hubiera sabido que te ibas a poner así, no te habría dejado venir!

—¿*Dejado* venir? ¿Dejado venir, carajo? Me has traído aquí a rastras tú, perra condenada.

Marion vio que el profesor cerraba la puerta del edificio de oficinas y se dirigía al coche.

—¡No digas nada, Agnes, ya viene el *ingeniero*!

Marion se sentó en el coche como es debido, mirando hacia delante. El profesor rodeó el vehículo con un cuaderno en la mano, como si lo estuviera examinando, y aquello era precisamente lo que hacía. Las cabezas de las mujeres lo siguieron alrededor del coche.

—¿Qué hace? —preguntó Marion.

—No lo sé... ¿estará buscando por dónde entrar?

—¡No seas tonta: el coche es suyo! Seguramente estará haciendo una comprobación de seguridad.

–¡Sabe que somos de El Jarro, Marion, está contando las pinches llantas!

Las dos mujeres estallaron en carcajadas. El profesor se detuvo y miró a las mujeres que se reían. Las dos dejaron de reirse bruscamente. Marion habló intentando no mover los labios:

–¡Ay, caray, eso no le ha gustado!

Agnes miró más de cerca al hombre. Era completamente calvo y chato. Susurró a Marion:

–Jesús, mira qué jeta tiene, le pegaron un sartenazo.

–¡Agnes, no jodas! Me voy a echar a reir otra vez.

El profesor dio un golpecito en la ventanilla de Marion. Marion lo miró con cara de extrañeza.

–¿Qué? —chilló.

El profesor cerró el puño y lo movió en círculos.

–¡Quiere que le hagan una puñeta! —dijo Agnes.

Marion se echó a reir otra vez.

Agnes se cubrió la cara con las manos.

–Bueno, pues que se joda —dijo, y las dos aullaron de risa con más fuerza.

El profesor se llevó una mano a la boca.

–Haga el favor de bajar la ventanilla, no se oye nada —gritó.

–¿Qué ha dicho?

–Te ha preguntado si estás casada —respondió Agnes.

Marion asintió con la cabeza con movimientos exagerados y gritó:

–¡Síiii!

El profesor parecía desconcertado.

–¡Dé vueltas a la manija! —dijo, señalando hacia abajo.

–¿Qué ha dicho? —volvió a preguntarle Marion.

–No estoy segura. Algo de la manija: ¡es verdad que quiere que le hagan una puñeta, el muy pervertido!

–Espera, voy a bajar la ventanilla, así lo oiremos mejor.

Marion abrió la ventanilla y Agnes se inclinó hacia delante para enterarse de lo que decían. Marion sonrió.

–No lo oíamos con la ventanilla subida —explicó.

–Eso era lo que yo... ah, no importa. Sólo quiero comprobar las luces de freno. Pise el pedal del freno.

Marion miró los pedales. Levantó el pie y lo bajó sobre uno de los pedales. El profesor sacudió la cabeza.

–No, no, señora Monks, ése es el acelerador. No debemos confundirlos entre sí. ¡El freno detiene el coche, lo que está pisando usted lo hace correr más!

Agnes se levantó de un salto e intentó escurrirse entre los dos asientos delanteros.

–¡Yo me largo! ¡Que se joda todo esto!

Marion la empujó hacia atrás.

–Haz el favor de tranquilizarte, Agnes. Sólo estoy aprendiendo. ¡Ya está! —avisó mientras empujaba con el pie el pedal del freno.

–Eso es —exclamó el profesor, y se dirigió a la parte trasera del coche para comprobar que funcionaban las dos luces. Marion lo observaba por el espejo, Agnes se volvió para verlo bañado de luz roja, y Marion dijo al cogote de Agnes:

–¿Quieres tranquilizarte? ¿Qué va a pensar de nosotras?

El profesor hizo una anotación en su cuaderno y guardó la pluma.

–¡Ay, cállate! ¿A quién le importa lo que piense? ¡Parece un pene gigante!

Las dos mujeres soltaron risitas.

–Chist... allí viene —dijo Marion.

–Pregúntale cómo se llama. ¡A que se llama Pirrín! ¿Qué apuestas?

Se abrió la puerta del copiloto y el profesor se sentó en el asiento. Cerró la puerta de un portazo.

–Muy bien, señora Monks, vamos a empezar.

–Llámeme Marion, por favor.

–De acuerdo, Marion...

–¿Cómo se llama usted? —preguntó Marion. Las dos mujeres esperaron con expectación.

–Ah, perdón —dijo, extendiendo la mano. Tom.

Sonrió.

–¿Ah? —dijo Marion, desilusionada.

–Tom O'Fallon —añadió él.

Las dos mujeres soltaron la risa histérica. A Agnes le brotaban las lágrimas de los ojos y tenía las mejillas surcadas de huellas de rímel. Marion se llevó las dos manos al vientre y se inclinó hacia delante hasta tocar con la frente el volante. Agnes se caía hacia atrás y rodaba de un lado a otro en el asiento trasero. El profesor se sorprendió al principio, pero, al continuar las risas, se enojó mucho.

–Señoras... ¡por favor!

Tardó algún tiempo pero las dos mujeres pararon por fin... de momento. Las mujeres padecían ya la temible risa floja. Pero, de momento, se quedaron calladas.

El profesor empezó diciendo:

–Ahora, haga girar la llave y presione suavemente el acelerador.

Marion lo hizo así, y el motor cobró vida.

–Está bien. Ahora, pise el embrague.

–¿Qué? —preguntó Marion.

–Pise el embrague.

–¿Cómo se hace eso? —preguntó Marion, pero antes de que el profesor tuviera tiempo de responder, intervino Agnes diciendo:

–¡Enséñale tu recibo de la electricidad, a ver si se deprime!

Las dos mujeres soltaron la carcajada otra vez, aullando y dando palmadas en los asientos. De pronto, Marion se calló y se hundió hacia delante. Agnes siguió riéndose un poco más, pero después se dio cuenta de que Marion no se movía. Dio un empujoncito a Marion en la espalda y, con voz todavía risueña, le dijo:

–¡Eh, Káiser!

Marion no se movió. Agnes se levantó de un salto y salió del coche. Corrió a la puerta del conductor y la abrió de un tirón. Marion había empezado a volver en sí.

–¿Qué pasa? —murmuró Marion.

–¿Estás bien? Ay, Marion, cielo, ¿estás bien?

–Creo... creo que sí... pero estoy cansada...

–¿Ha estado bebiendo? —preguntó el profesor con voz acusadora.

Agnes no le hizo caso. La ayudó a salir con delicadeza del coche y la puso de pie apoyada en la puerta del copiloto. Marion tenía una palidez mortal; hasta los labios se le habían puesto pálidos. Temblaba. Agnes quería hacer algo, lo que fuera, para ayudar a Marion, pero no se le ocurría nada que hacer ni que decir, de modo que agarró a Marion en los brazos y la abrazó con fuerza.

El profesor ya se había bajado del coche.

—Tienen que pagarme aunque se cancele la clase.

—¿Y si yo le cancelo a usted el resto de su vida pelona y jodida? —le espetó Agnes.

El profesor se retiró a la oficina. Marion y Agnes se quedaron abrazadas en el coche. El tráfico de la tarde rodaba con estrépito junto a ellas por la calle Talbot. Sin que Agnes se diera cuenta, mientras sujetaba a Marion le caía el rímel por la cara, y daba palmaditas en la espalda a Marion y le susurraba roncamente:

—Ya, ya, ya...

17

A Agnes le salían las palabras a sollozos.

La muerte de Marion había sido rápida. Todos habían estado preparados para una muerte larga y dolorosa por el cáncer que la iba devorando pero, muy a su manera, el ataque al corazón de Marion los había tomado a todos por sorpresa. Habían pasado tres días desde el entierro de Marion. Agnes agitaba los hombros con temblores de dolor, sentada en el reservado del salón de Foley.

—Estaba pensando llevarla a Lourdes —decía a Monica Foley, que era la esposa del propietario y la única persona que había en el local aparte de Agnes, pues era la una de la madrugada y hacía mucho tiempo que se habían marchado los bebedores. Monica se·limitó a asentir con la cabeza y a responder:

—Ya lo sé, ya lo sé... terrible.

—Yo... yo confiaba en un milagro... sí, en un milagro... ¿Sabes lo que quiero decir, Monica?

—Sí... sí, Agnes. Bueno, ¿y si tu milagro ha pasado de verdad? —probó a decir Monica, a modo de consuelo. Marion se fue rápidamente y en paz, y, en realidad, ¿no es eso lo que querríamos todos?

Agnes le daba verdadera pena, pero ya era tarde y lo que quería era que Agnes se marchara de la taberna y volviera a su casa.

—No lo había pensado. Sí... ya sé lo que quieres decir con eso, Monica... un milagro... sí... ¡puede ser!

Agnes tomó un trago de su sidra. Monica miró el vaso, sólo quedaba un trago, gracias a Dios. Agnes se acercó más a Monica. Su voz adquirió ahora tonos de conspiradora.

–Monica... si te cuento una cosa... ahora, es raro... pero prométeme que no se lo dirás a nadie... ¿quieres?

–¿Es un cuento largo, Agnes? Porque es muy tarde.

–No tardaré mucho, Monica, pero es... bueno, ya sabes, es... ¡tú prométemelo!

–Te lo prometo... sí, te lo prometo.

–Bueno... bien, te lo contaré.

Agnes agarró el vaso para apurar la última gota, pero cambió de opinión, dejó el vaso y, para consternación de Monica, sacó los cigarrillos y los cerillos. Treinta segundos más tarde, Agnes estaba echando humo y dispuesta a empezar su cuento.

–¡Bien! Bueno, Monica, hace quince años...

–¿Quince años...? Ay, Agnes, esto va a ser largo.

–Calla, calla... no lo es... ¡y en todo caso, vale la pena! Te lo juro.

–Bueno, sigue, entonces, te escucho.

–Bueno, entonces, ¿por dónde iba? Ah, sí. Desde hace quince años me reunía con Marion Monks todas las mañanas. Empujábamos los carritos bajando por El Jarro. A veces charlábamos, a veces no teníamos nada que decirnos, y no decíamos... este... no decíamos... —Agnes se interrumpió.

–¿No decían nada? —sugirió Monica.

–¡Exactamente! —dijo Agnes, y eructó. En todo caso —siguió contando—, había una cosa que no cambiaba nunca... cuando llegábamos a la iglesia de San Jarlath, Marion subía corriendo la escalinata, abría la puerta... —Agnes se interrumpió, pues el recuerdo le llenaba los ojos de lágrimas y la garganta se le estrechaba ligeramente—, y gritaba...

Nueva pausa, esta vez interrumpida rápidamente por Monica:

–Hola, Dios, soy yo, Marion.

–Sí... ¡eso es! ¿Cómo lo sabías? —le preguntó Agnes.

–Todo el mundo lo sabía en El Jarro, Agnes. ¿Era eso lo que querías contarme? Porque, si era eso, ya me lo habían contado.

Monica se puso de pie a modo de indirecta para Agnes. Agnes dio unas palmaditas en el asiento donde había estado sentada Monica.

–¡Siéntate...! Siéntate... no has oído esta parte... ¡siéntate, siéntate!

Monica se sentó con un suspiro.

–Agnes, de verdad, es tarde. Haz el favor de abreviar.

–Lo haré.... lo haré... En todo caso, la he visto hacer esto día tras día y año tras año. ¡A mí me parecía una tontería...! y se lo decía... pero, aun así, ella subía todas las mañanas esa escalinata: "¡Hola, Dios, soy yo, Marion!".

Hubo una pausa. Agnes se bebió por fin la bebida que le quedaba y aplastó su colilla en el cenicero.

–Hace tres días yo oía aquellas palabras en mi cabeza cuando subí aquellos escalones... detrás del ataúd de Marion. ¿Cómo has podido hacer esto, Dios?, pensé. Esta mujer no se olvidó nunca de ti. ¿Qué recibe a cambio? Después, cuando entramos por las puertas de la iglesia y empezamos a subir por el pasillo central... ¡recibí mi respuesta! El órgano tocó una nota muy grave y, entre el zumbido, oí tan claro como el agua una voz cálida y fuerte que decía: "Hola, Marion, soy yo, Dios", ¡y entonces *supe* que ella iba a estar bien!

Agnes levantó la cabeza hacia Monica, que estaba sentada con la boca abierta, no por la impresión, sino dormida. Agnes se rio entre dientes. Se inclinó hacia Monica y le tocó suavemente el brazo.

–Monica, cielo...

Monica dio un respingo.

–¿Qué? ¡Qué! Ay, Agnes, ¿qué ha pasado...? Me perdí el final... ¿qué era?

–Ah, nada, Monica, no eran más que tonterías; mira, ábreme la puerta, ¿quieres, cielo?, y vete a la cama.

Agnes recogió sus cigarrillos y su bolsa y se puso el abrigo. Monica la acompañó a la puerta lateral, la abrió, se asomó primero para asegurarse de que no andaba por allí la policía, y dio las buenas noches en voz baja a Agnes. Cuando Agnes salió al aire de la noche, respiró hondo. La puerta se cerró suavemente a su espalda, pero cuando se cerró el pestillo, ¡sonó como un tiro!

–¡Dios del cielo, Monica! —exclamó Agnes, con palabras que le salían en vaharadas de vapor de su boca al aire frío de la noche. Oyó que Monica decía "ssh" detrás de la puerta.

–Ay, chist, y una mierda, me has dado un jodido susto de muerte —replicó Agnes con enojo; y, después de recomponerse, emprendió el camino hacia su casa.

El viaje no fue tan sencillo como solía serlo. El camino se había vuelto algo irregular, lo que obligaba a Agnes a seguir una ruta en zigzag. Por otra parte, los pasos que daba eran un poco inseguros. ¿Y las aceras? Tenían una altura escandalosa. Con todo, Agnes siguió adelante valientemente. Después de unos cien metros empezó a sentirse mareada. "Debe de haberme sentado mal algo que he comido", pensó, a pesar de que llevaba varios días sin comer como es debido, sólo un par de emparedados aquí y allá. Se detuvo y se apoyó contra un edificio. Sintió náuseas y supo que iba a vomitar. Se preparó, quitándose el paladar que le sujetaba los dos dientes delanteros. Se inclinó y vomitó con entusiasmo.

–¿Está usted bien, *hegmosa* Agnes Browne? —le preguntó una voz a sus espaldas, mientras se ponía en su hombro una mano delicada. El acento era claramente francés. Agnes supo que era aquel tipo, Pierre, de la pizzería. "¿Dónde tengo los jodidos dientes?", pensó. Los llevaba en la mano hacía pocos instantes. Abrió la mano y se la miró, pero sólo había en ella un pañuelo de papel que se había sacado del bolsillo del abrigo. Debía de habérselos metido en el bolsillo mientras sacaba el pañuelo de papel. No se volvió. No se movió.

–¡*Mademoiselle Agnes, de los ogos guelucientes!* ¿Está bien?

Agnes no se atrevía a responder, pues faltándole los dos dientes un "sí" habría sonado como un pedo, así que gruñó "ni" y asintió despacio con la cabeza. Se metió la mano en el bolsillo y tocó los dientes. Intentó dejar caer la servilleta de papel y agarrar los dientes con un único movimiento delicado. No pudo. Los dientes se habían quedado enredados con la servilleta de papel.

–¡Dése la vuelta! *Dégueme migagla.*

La tomó por el hombro para verla de frente. "¡Oh, no! —pensó Agnes—, ¡sin mis dos dientes de adelante parezco una jodida vampiresa!" Él había empezado a volverla. Ella se sacó rápidamente los dientes del bolsillo y fingió toser mientras se metía a presión el paladar en la boca. La atrajo hacia él. Ella intentó hablar. No podía. La servilleta de papel le salía por la boca. Dijo: "Estoy muy bien, gracias", pero le salió: "¡Arf!, ¡arf!, ¡arf!, ¡arf!", y se dio la vuelta y empezó a andar. Corrió y se puso ante ella.

—Soy muy nuevo en Dublín, *¿podguía usted enseñágmelo* alguna vez? —le preguntó.

—No, cielo, lo siento —respondió ella.

Lo único que oyó él fue: "¡Arf, ¡arf!, ¡arf!".

—Oh, *magavilloso*, ¿qué tal el fin de semana que viene? ¿El *viegnes*?

—¡Arf!, ¡arf!, arf!

—Bien. ¿Nos *gueunimos* en el Foley a las ocho?

—¡Arf!, ¡arf!, ¡arf!

Agnes estaba roja de impotencia.

—Au revoir, entonces —dijo él, y se marchó. Agnes intentaba decirle a voces que *¡no habían quedado!* Seguía gritándole: "¡Arf!, ¡arf!, ¡arf!, ¡arf!". Dos hombres pasaron caminando a su lado y uno gritó: "¡Quieto, perro, quieto!", y los dos se rieron.

¡Le gustara o no, Agnes Brown tenía una cita para salir el viernes por la noche!

18

Aunque había llegado el invierno, el sol del sábado por la mañana seguía siendo algo cálido y acogedor cuando Mark sacó su carro del departamento y se encaminaba a través de El Jarro. Había enviado a Dermot a casa de la abuela con Trevor y había sacado en tropel a todos los demás del departamento para que su madre pudiera dormir hasta tarde. Lo necesitaba. Había llegado a casa borracha la noche anterior. Mark se había despertado al oir abrirse la puerta principal. Ella trasteaba por el departamento murmurando sola. Mark se levantó para asegurarse de que estaba bien. Esperaba encontrarla en la cocina pero no estaba allí, aunque la tetera estaba en el fogón encendido. La puerta del baño estaba entreabierta, así que se asomó. Su madre estaba inclinada sobre el lavabo con los dientes postizos en la mano. Les estaba quitando trozos de servilleta de papel y murmuraba cosas tales como "¡Maldito descarado francés!"; la última palabra envió una lluvia de saliva al espejo. Mark se deslizó en silencio de nuevo hasta su cama.

Mark estaba muy orgulloso de su carro. Lo había hecho él mismo. El cuerpo era una caja de madera fuerte que había recogido en los muelles. Tres largueros de cinco por cinco componían los varales y el eje. Había tenido que pasearse cerca de cinco horas subiendo y bajando por las vías del tren hasta encontrar dos rodamientos a juego para las ruedas, pero había valido la pena. Todo el mundo reconocía unánimemente que el carro de Mark Browne era el mejor de El Jarro. Todos los sábados por la mañana, Mark empujaba el carro bajando hasta el "almacén de turba" de la calle Sean McDermott. Desde la muerte de Redser, Agnes Browne tenía derecho a dos costales de turba por semana, dentro de su pensión de viudez y de orfandad.

Era un buen complemento, pues la turba ardía bien y los dos costales, con un costal de carbón y medio costal de cisco, duraban toda la semana. La dificultad era que había que recoger la turba del almacén y poner los costales y el carro. Mark era el primero en la cola todos los sábados por la mañana, pues llegaba media hora antes de que abrieran. Se llevaba un balón y jugaba contra el muro del almacén hasta que llegaba el "turbero" a las ocho y media.

Mark acostumbraba reflexionar mientras hacía botar aquel balón contra la pared. Aquella mañana, sus reflexiones versaban acerca de su futuro. Ya estaban a finales de octubre, hacía más de ocho semanas que sus amigos habían vuelto a clase después de las vacaciones de verano. Mark había decidido no estudiar más sino ponerse a trabajar. Pero había pasado ese tiempo buscando trabajo sin encontrarlo. El problema era que su madre insistía en que aprendiera un oficio.

—¡No quiero que vayas de trabajo en trabajo y de nuevo al desempleo como tu padre! —le predicaba. Aprenderás un oficio como tu tío Gonzo.

El tío Gonzo se llamaba en realidad Bismark. Este nombre lo había elegido su padre para fastidiar al cura que oficiaba el bautismo, ya que sospechaba que el cura había sido espía británico en 1916. El gesto fue recibido con hurras en la taberna local, pero el tío Gonzo tuvo que cargar con las consecuencias de la decisión heroica de su padre. Afortunadamente para él había nacido con una nariz de color rojo vivo que se volvía mayor y más roja cuanto más la alimentaba con whisky irlandés. Bismark no tardó en llamarse Gonzo, en recuerdo del popular payaso de los vodeviles de la nariz grande y roja, aunque la de éste era de goma. El tío Gonzo era plomero. Era un plomero muy bueno. Tuvo tanto éxito que fue el primer miembro de la familia Browne que se compró su propia casa. Agnes Browne estaba muy orgullosa del tío Gonzo, y tenía claro que el camino que conducía al éxito comenzaba con un letrero que decía: "Aprende un oficio".

Mark no quería ser plomero. Siguió haciendo botar el balón contra la pared y meditando acerca de su futuro. Estaba tan absorto que no vio al hombre mayor que había salido de una de las cuatro grandes casas residenciales que estaban enfrente del almacén de turba y cruzaba la calle. El hombre observó a Mark unos momentos y después le habló:

—¿Muchachito...?

Mark, sorprendido, dejó de mirar el balón. Éste rebotó en la pared y se le escapó. Mark salió corriendo tras el balón y lo recogió. Volvió caminando hacia el hombre, despacio y de mala gana. Lo miró con desconfianza. No contribuía a darle confianza el hecho de que el hombre tuviera un acento especial que lo hacía parecer el malo de una película de Boris Karloff.

El hombre indicó con un gesto al muchacho que se acercara a él.

—Ven aquí... deprisa.

—¿Qué quiere, señor?

—Acércate más, muchacho. ¿Acaso quieres que grite en vez de hablar?

Mark se acercó a él y contempló con asombro a aquel hombre que hablaba de una manera tan rara. Según calculaba Mark, tendría unos cien años. Tenía el pelo gris y espeso, con una calva por el centro. Tenía la espalda ligeramente encorvada. Tenía la cara bronceada y parecía que podía ser una cara amable. Sus ojos eran grises, detrás de unos lentes redondos pequeños, que estaban posados en una nariz enorme con forma de pico de cuervo. Llevaba una camisa de rayas, pero sin el cuello, sobre la cual llevaba no menos de tres chaquetas de punto. Para los jóvenes ojos de Mark, aquél era un ser extrañísimo. Cuando el hombre habló, su voz era amable.

—Todos los sábados te veo aquí... siempre a la misma hora, las ocho —afirmó el hombre.

—Sí, ¿y qué?

—No te pierdes nunca un sábado. Llueva o haga sol, siempre estás aquí, siempre igual.

—Ya lo ha dicho. ¿Y qué?

—Eso me dice que eres un muchacho fiable. ¿Lo eres? ¿Eres un muchacho fiable?

—No, soy Browne.

El viejecito se rio entre dientes, y al hacerlo se dio una leve palmada en el muslo.

—¿Te gustaría ganarte dos chelines, joven Browne?

—¿Dos pavos?

–Sí, dos pavos.

–¿Cómo? ¿Qué tengo que hacer?

–Lo que tienes que hacer es entrar en mi casa y encenderme el fuego.

–¿Encenderle el fuego?

–Sí.

–Dos pavos... ¿por encenderle el fuego?

–¡Eso es! —dijo el hombre, asintiendo con la cabeza y juntando las manos al hablar.

–¿Por qué?

–¿Por qué? ¿Por qué qué?

–¿Por qué me va a dar dos pavos por encenderle el fuego?

El hombrecito se acercó al carro de Mark y se sentó en el borde. No había esperado que le preguntaran nada. Suponía que le aceptarían los dos chelines sin hacer preguntas. Se ajustó los lentes sobre la nariz con un dedo torcido.

–Soy judío, y hoy es mi sabat.

–¿Es usted un judihuelo? ¿El de la casa de empeños?

El hombre volvió a reírse entre dientes.

–No soy el propietario de la casa de empeños, aunque creo que su propietario también es, en efecto, judío... ¡y se dice así, *judío*, no judihuelo!

–Y ¿qué es un "saba"?

–Es un... este... un día santo. El sábado es para mí lo que el domingo es para ti.

El hombre gesticulaba con las manos al hablar. Las movía con elegancia. A Mark le recordaban a un mago.

–¿Qué tiene que ver eso con su fuego?

–Bueno, en mi religión hay algunas cosas que no podemos hacer en sábado. Una de ellas es encender fuego.

–Entonces, ¿cómo se van a calentar?

–Mi fe en Dios me da calor.

–Sí, pero no le servirá para encender su fuego, señor.

Esta vez, el hombre se rio abiertamente. Era una risa alegre, y, como contaría Mark más tarde, "se rio todo él", sus ojos, su barbilla, sus cejas, y abrió los brazos ampliamente al reírse.

–Puede que tengas razón, joven Browne. Pero, dime, ¿servirán dos chelines para encender mi fuego?

–¡Ya lo creo que sí, caramba! —dijo Mark, sonriendo al

hombre por primera vez. Metió el balón en el carro y los dos fueron caminando a la casa. Mientras cruzaban la calle, el anciano puso la mano en el hombro de Mark.

—Entonces, vamos a presentarnos como es debido: puedes llamarme señor Wise.

—¿Por qué, qué pasa con su nombre verdadero? —preguntó Mark.

—Éste *es* mi nombre verdadero, Henry Wise, y ¿cómo te llamas, además de Browne?

—Mark.

—¡Digo! ¡Hay que ver! ¡Me he encontrado con un profeta!

—Con dos chelines por encenderle el fuego, yo también.

El señor Wise se rio con ganas e hizo pasar a Mark a la casa. Mark se quedó patidifuso al ver el interior. Tenía alfombra hasta el último centímetro. Había encajes en la mesa, cuadros en las paredes. En la sala donde estaba la chimenea había un piano y una vitrina llena de cosas brillantes y relucientes. Pero lo que observó Mark con más agrado estaba solo en el rincón. ¡Era un televisor!

—¡Guau! —exclamó Mark, pasando la mano por la caja de nogal que contenía el tubo mágico.

—¿Qué? —preguntó el señor Wise.

—¡Un televisor! No había visto ninguno de cerca, sólo en la taberna de Foley. ¿Lo puedo encender?

—No, hoy no. Es sabat.

—Ah, sí, se me olvidaba. Bueno, ¿dónde está la carbonera?

Al cabo de pocos minutos Mark había encendido un fuego vivo en el hogar, había dejado llena la cubeta de carbón y había sacado las cenizas al cubo de afuera. El señor Wise llegó a la sala con una bandeja en la que llevaba un vaso de jugo de naranja y una sola galleta.

—¡Ah, muy bonito, Mark! ¡Un buen fuego! Buen trabajo. Toma, esto es para ti.

El señor Wise le presentó la bandeja. Mark miró el jugo de naranja y la galleta. Fue a tomarlos, pero se detuvo y miró al señor Wise con desconfianza.

—¿Me llevo también los dos pavos? —preguntó Mark, que quería dejarlo todo muy claro.

El señor Wise sonrió.

–Desde luego que sí, con todo mi agradecimiento.

Mark sonrió y tomó las golosinas. Devoró la galleta y el jugo de naranja, se limpió la boca en la manga y extendió la mano. El señor Wise puso la moneda en la palma de Mark.

–Gracias, señor Wise.

–No, soy yo quien te doy las gracias, Mark Browne. ¿La semana que viene, a la misma hora?

–Sí, claro. Hasta la semana que viene, señor Wise.

Mark cerró la puerta principal al salir y cruzó la calle trotando. Se había formado una cola detrás de su carro. Aunque Mark no estaba con el carro, los demás sabían de quién era: del muchacho que estaba siempre primero en la cola. Mark cargó la turba y aquella mañana de sábado llevó a su madre, además de dos costales de turba, dos chelines.

Después de subir la turba a su rellano y de subir después el carro, Mark entró en el departamento. Se encontró con Agnes, que tenía aspecto cansado y estaba sentada ante la mesa de la cocina con una taza de té entre las manos. Él se adelantó y puso la moneda de dos chelines en la mesa ante ella.

–¿Para qué es esto? —le preguntó Agnes.

–Para ti. Me lo gané —dijo Mark, con una gran sonrisa resplandeciente.

–¿Te lo ganaste? ¿Cómo?

–Encendí un fuego para un judihuelo. Él no lo podía hacer porque hoy es un día "saba", y me pagó a mí para que lo hiciera.

–¿De qué me estás hablando?

Agnes estaba confundida, no tenía la cabeza completamente en su sitio. Mark le contó detalladamente su aventura de aquella mañana, y terminó su relato diciendo:

–...Y ahora quiere que lo haga todos los sábados.

Agnes dio vueltas a todo esto en la cabeza. Le inquietaba pensar que Mark confundiera aquello con un trabajo.

–Encender fuegos no es un oficio, Mark.

–Ya lo sé, mami, pero está bien, ¿no?

Agnes miró al muchacho. Con sus recorridos de repartidor de leche y de periódicos, y ahora con encender fuegos los sábados, el muchacho le estaba dando una libra por semana. Era tan dispuesto y tan trabajador... Ella estaba orgullosa de él pero preocupada por su futuro. "Hay momentos para preocuparse y momentos para estar orgullosa", pensó. Aquél era un momento para estar orgullosa.

—Es mejor que bueno, cielo, es estupendo —le dijo con una sonrisa.

El muchacho se emocionó. Fue al fregadero y agarró una taza del escurridor.

—Ah, bien, me tomaré una taza de té contigo —dijo, hablando como una persona mayor.

Agnes le sirvió el té y él se sentó.

—No tienes buen aspecto, mami. ¿Es por la bebida? —le preguntó Mark.

—Más o menos... yo... me puse mala anoche, cielo.

—Ya lo sé, te oí —dijo él en voz baja.

—Me pondré bien... sólo es que... echo de menos a Marion, cielo, pero me pondré muy bien, ya lo verás, verás como sí. La bebida te hace hacer tonterías.

—¡Sí! ¡Como vomitar! —afirmó Mark.

—Ah, cosas peores, cielo. ¡Como quedar con franceses para salir!

—¿Qué, mami?

—Nada... no tiene importancia... ¿tenemos alguna pastilla para el dolor?

19

La última vez que Agnes Brown había "salido" con un hombre había sido cuando Redser la había llevado a las carreras de perros en el galgódromo de Shelbourne Park. A ella le había costado una fortuna. En cuanto Redser hubo perdido todo su dinero (y para eso bastó con cuatro carreras), empezó a "pedirle prestado" a ella. Al terminar la noche los dos estaban sin dinero, y tuvieron que volver a sus casas a pie. Aquella fue la noche en que Redser le había pedido su mano... bueno, ¡decir que "le había pedido su mano" es un poco fuerte! Lo que pasó fue que iban paseando a lo largo del canal hacia la calle Pearse, pero *sin entrar* en la calle Pearse, pues Redser no podía acercarse a la calle Pearse dado que estaba "fichado" a raíz de un incidente con unos "teddy boys" de allí y una navaja de rasurar; de modo que aquella noche se habían desviado del canal y habían caminado hacia abajo, junto al hospital Meath. Cuando paseaban por la parte trasera de la fábrica de galletas, a Agnes le pareció que aquél era el momento oportuno.

—Redser...
—¿Qué?
—¿Me quieres?
—No seas estúpida, ¡claro que sí!
Agnes respiró hondo.
—Bueno, pues estoy embarazada.
Se quedó esperando su reacción. Él no la miró, no dejó de andar, se limitó a decirle:
—¿Ah, sí?
—Sí —respondió Agnes en voz baja.
Hubo silencio durante los cuarenta metros siguientes. Después él dijo:

–Entonces, será mejor que nos casemos.

Agnes se emocionó. Se detuvo, radiante de felicidad.

–¿Nos casaremos? ¿De verdad, Redser?

–Sí, ya lo he dicho, ¿no?

Agnes lo abrazó.

–¡Ay, Redser?

–Oye, no jodas, déjame.

A Redser lo incomodaba toda manifestación visible de afecto a no ser que se hubiera bebido mucho.

–Te conseguiré un anillo el fin de semana —dijo. Redser conocía a un hombre que tenía acceso a estas cosas.

–No quiero un anillo —dijo Agnes.

–¿Por qué no?

–Es tirar el dinero. Con un anillo no se puede hacer nada. ¡Yo quiero una bicicleta!

–¿Una bicicleta, carajo?

–¡Sí, una bicicleta, pero que sea buena!

–¡Una bicicleta de compromiso! —dijo Redser, consternado.

Agnes sabía lo que hacía. En primer lugar, con una bicicleta podría tener un poco de independencia, y, en segundo lugar, sabía que cualquier anillo de compromiso que le diera Redser acabaría en la casa de empeños. Pero perdió en los dos sentidos, pues cuando sólo llevaban dos semanas casados Redser vendió la bicicleta igualmente para sacar dinero para las apuestas.

Pero el caso es que Redser no volvió a invitarla a salir. La "sacaba", pero toda muchacha sabe que existe una diferencia enorme entre que "te inviten a salir" y que "te saquen".

Y así, al irse avecinando el viernes, Agnes se sentía como una adolescente que iba a salir por primera vez con un muchacho. En un momento dado quería ir, al cabo de un rato ya no quería. Habló a los niños de su cita con el francés. Hubo alguna resistencia.

–No puedes, mami. Las mamás no salen con hombres —protestó Mark. No le gustaba aquello. En absoluto.

–¡Bueno, pues esta mamá sí!

–¡Me parece estupendo, mami! —gorjeó Cathy.

–Gracias, cielo.

–Cathy Dowdall dice que los franceses te lamen los dientes cuando besan —añadió Cathy.

–¡Deja de decir esas cosas! Esa Cathy Dowdall sabe demasiado —dijo Agnes con voz cortante.

Agnes tenía intención de aprovechar sus breves descansos del puesto cada día para recorrer las tiendas de la zona de la calle Moore en busca de algo adecuado que ponerse el día de la cita. Era difícil decidirse. Nada que fuera demasiado fino, al menos que no lo pareciera en el Foley. Nada que fuera demasiado atrevido, no quería que el francés se creyera lo que no era. Pero tampoco quería parecer una ama de casa. Era muy difícil decidirse. Para colmo, era la semana antes de todos los santos. Había movimiento, y la fruta y los frutos secos volaban del puesto. Además de la fruta, Agnes vendía algunos fuegos artificiales. Eran ilegales, pero ella los vendía de tapadillo... más exactamente, los llevaba tapados con la falda. Por si algún policía detenía y registraba a una vendedora, éstas llevaban las cajas de petardos en los calzones. Agnes se ríe todavía al recordar los comentarios de Marion: una vez que tenía los calzones llenos de fuegos artificiales dijo que, si se llegaba a sentar por accidente en una colilla, "¡me van a encontrar el culo en América!".

Así, pues, con la venta de fruta y de fuegos artificiales, a Agnes le quedó muy poco tiempo para mirar. Por fin se decidió por una falda midi azul marino con un conjunto crema. Dejó su abrigo bueno en la tintorería de Marlowe, de modo que lo esencial ya estaba dispuesto.

Agnes empezó a arreglarse el viernes a las seis de la tarde. Esperaba darse un baño relajante, pero no pudo ser. En cuanto hubo llenado la tina de agua, y de espuma gracias al lavavajillas Quix que le añadió, y se hubo sumergido, entró Trevor en el baño y empezó a desnudarse. Al cabo de pocos minutos, Cathy estaba también en la bañera.

–No hay paz para los malos —dijo Agnes en voz alta mientras lavaba el pelo a Cathy.

A las siete y media ya estaba vestida y daba los últimos toques a su maquillaje. En el cuarto de estar, los niños esperaban la gran aparición de Agnes del dormitorio. Había un ambiente de emoción, aunque Mark no daba la menor muestra de interés. Cuando salió Agnes, caminó majestuosamente hasta el centro de la habitación y dio una vuelta en redondo, diciendo:

—Bueno, ¿qué les parece?

Los niños se habían quedado atónitos. Cathy dijo: "¡Guau!", y rompió a aplaudir, y los demás la imitaron. Mark no daba crédito a sus ojos. ¿Era posible que aquella mujer tan hermosa fuera su madre? ¡Agnes estaba imponente! Mark se levantó y se dirigió hacia ella con los ojos muy abiertos.

Agnes se irguió y esperó su reproche.

—Y a ti, Mark: ¿qué te parece *a ti*?

El muchacho sonrió.

—Creo que en Dublín hay un francés que tiene mucha suerte esta noche. Estás preciosa, mami, de verdad, sencillamente preciosa.

—Gracias, cielo —dijo Agnes abrazándolo, aliviada.

¡Los demás niños saltaron y se abrazaron los unos a los otros, soltando grandes aclamaciones!

—Cuidado con mi vestido, por Dios —chilló Agnes. Ellos la acompañaron hasta la puerta para despedirla. Ella llegó hasta el principio de la escalera y se volvió hacia ellos. Seis caras radiantes, con sonrisas tan anchas como la puerta. Estaba tan orgullosa de ellos como ellos lo estaban de ella.

—Derechos a la cama, ya los veré por la mañana —ordenó.

Todos asintieron a coro: "¡Bueno, mamá!", y Agnes se volvió para bajar las escaleras. Mark la llamó:

—¡Mamá!

Agnes volteó.

—¿Sí, cielo?

—¡Si te ofrece caramelo, no lo aceptes!

—¿Qué? A mí no me gusta el caramelo.

—¡Bien! —dijo Mark con una sonrisa, y cerró la puerta.

Agnes hizo volverse algunas cabezas cuando atravesó el salón del Foley hacia el reservado. P. J. le llevó su vaso de sidra.

—Por lo que veo, supongo que esta noche no vas al bingo, ¿verdad, Agnes?

—No, P. J., esta noche no.

Agnes no soltaba prenda. P. J. no le preguntó nada más. Agnes esperaba que aquel tipo francés entrara discretamente y que los dos pudieran salir llamando la atención lo menos posible. Veía la entrada desde su asiento. Decidió llamarle con la mano en cuanto apareciera. A la hora de la cita en punto se abrió la puerta y entró Pierre. Llevaba el pelo negro peinado hacia atrás con gomina. Llevaba una polo de color café claro debajo de un saco de color café oscuro, y pantalones crema. Resaltaba como una mosca en la leche. Llevaba un ramo de flores enorme. Echó una mirada por el salón.

–¡Dulce Madre de Jesús! —dijo Agnes en voz alta cuando lo vio. ¡Se cree que es Elvis, el jodido!

¡Ojalá tuviera entonces a su lado a Marion para darle apoyo moral! Se hundió en su asiento esperando que no la viera y que se marchara pensando que ella no había aparecido. No la vio. Su rostro adoptó una expresión de desilusión y se volvió para marcharse. P. J. le gritó desde detrás de la barra:

–¡Oye, franchute! ¡Está en el reservado!

–¿En el excusado? —dijo Pierre, llevándose una mano a la oreja.

–No, en el reservado, ahí atrás —dijo P. J., indicándoselo con el pulgar.

Pierre se dirigió al reservado. Se quedó de pie en la puerta, paralizado.

–Sacrebleu! ¡Agnes Browne, *egues* una visión celestial! —dijo en voz alta.

En el salón sonó una ovación y una salva de aplausos.

–¿Qué ha dicho? —preguntó un viejo sordo.

–¡QUE ES UNA VISIÓN CELESTIAL! —le gritó su mujer al oído.

Pierre no había terminado.

–*Estaguía* dispuesto a *atgavesag* los Alpes *descalzado*, a *sufgig togmentos, cualquieg dolog, paga* estar con una belleza como la tuya —dijo, y le presentó las flores.

–¿Qué ha dicho? —volvió a gritar el viejo sordo.

–¡QUE ESTÁ JODIDAMENTE LOCO POR ELLA! —le gritó su mujer. Este grito fue recibido con una nueva ovación y aplausos.

Agnes, con una reacción de pánico, se levantó de un salto y se dirigió hacia él.

–Vamos, tonto, vámonos.

Salieron entre aplausos y ovaciones; Pierre saludando a diestra y siniestra; Agnes, roja como un tomate.

Resultó ser la noche más magnífica que había pasado Agnes en su vida. Fueron a un restaurante francés elegante, con manteles y velas en las mesas. Cuando salieron del taxi, Pierre le sujetó la puerta. Cada vez que ella volvía del servicio, Pierre se levantaba y le sujetaba la silla. Agnes no comió mucho, en parte por la emoción y en parte porque no le gustaba comer nada cuyo nombre no supiera pronunciar. Había música suave, y Pierre pidió una botella de champán. Agnes no estaba segura de si le gustaría, ¡pero se llevó una sorpresa agradable cuando descubrió que tenía un sabor muy parecido a la sidra! En el restaurante había una pista de baile minúscula, y Pierre sacó a bailar a Agnes y bailaron mejilla con mejilla. Agnes estaba encantada... pero hubiera preferido que Pierre fuera Tom Jones. Bueno, no se puede tener todo. Salieron del restaurante, fueron en taxi hasta la iglesia de San Jarlath y emprendieron el camino de vuelta a casa a pie desde allí. Pierre le dio su mano. Levantó la vista al cielo despejado de invierno.

—Me encantan las *estguellas* —dijo.

—A mí también —dijo Agnes. Spencer Tracy, Olivia de Havilland...

—No, no, digo las *estrguellas* de *vegdad*.

—¿Cómo que las estrellas de verdad? ¡Spencer Tracy es genial!

—No, esas *estguellas*... las del cielo —dijo, señalándolas.

—Ah, idiota, ¡*ésas*!

Al cabo de poco rato llegaron al callejón James Larkin, y los dos se quedaron parados al pie de los escalones. Agnes le soltó la mano.

—¡Bueno, Pierre, ha sido la mejor noche que he pasado en mi vida!

—Yo también. ¡Ha sido *fantastique*!

—Gracias.

—No, no, *gacias a ti*.

—¡Ah, no, gracias *a ti*!

Dicho esto, los dos se quedaron en silencio. Él le sonrió y se metió las manos en los bolsillos.

—Bueno, entonces... —dijo.

–Sí, bueno, entonces... mira, ¡buenas noches!

Agnes se volvió para subir los escalones. Pierre la llamó:

–¡Agnes!

Cuando ella se volvió de nuevo hacia él, él tenía los brazos abiertos.

–¿Qué? —preguntó ella.

–¿No me vas a *dag* un beso de despedida *paga tegminag* una velada tan *hegmosa*?

Agnes bajó despacio los escalones. Sentía que las piernas le vacilaban y que el corazón le palpitaba con fuerza. Cuando llegó delante de Pierre, él la rodeó con los brazos y le tocó los labios suavemente con los suyos. Ella relajó los labios. Sentía la boca de él cálida y fuerte. Ella parpadeó y fue cerrando poco a poco los ojos. Estaba a punto de derretirse en sus brazos cuando, de pronto, sintió que tenía algo en la boca. Era la lengua de Pierre. Abrió los ojos rápidamente. "¡Me está lamiendo los jodidos dientes!", pensó. Soltó un grito y lo apartó de un empujón.

–¡Ahhh! ¡So cochino, desgraciado!

–¿Qué? ¿Qué pasa? ¿Qué he hecho? —dijo él, consternado. El bofetón de Agnes lo había tomado por sorpresa, y la mejilla le escocía.

–¡So... so pervertido!

Agnes subió los escalones de dos en dos y cerró la puerta de un portazo, dejando allí a un francés muy dolido y muy desconcertado.

20

Aquella noche había nevado y costaba trabajo empujar el carro. Ahora iba vacío. ¿Qué sería cuando lo volviera a traer del almacén, lleno de turba? Mark decidió que ya se ocuparía de ello en su momento. Dejó estacionado el carro y cruzó la calle helada arrastrando los pies hasta la casa del señor Wise. No tuvo que llamar a la puerta, nunca le hacía falta. El señor Wise abría la puerta en cuanto llegaba Mark.

—Buenos días, Mark —le saludó el señor Wise. Mark observó que el señor Wise llevaba puestos aquel día al menos cinco sacos de punto. "¿De dónde los sacará?", pensó.

—Buenos días, señor Wise. ¡Qué frío hace hoy!

—¡Sí que lo hace! Enciende en seguida y yo voy a preparar un tazón de chocolate caliente para cada uno.

Los ojos de Mark chispearon.

—Sí, qué rico.

Cuando el fuego ardía vivamente y se hubo disipado el frío de la sala, Mark se sentó en una silla junto a la ventana para vigilar su carro. El señor Wise llegó con dos tazones de chocolate y la habitual galleta única; Mark calculaba que llegaría la semana santa antes de que hubiera gastado un paquete entero.

Agarró el tazón con agradecimiento y, rodeándolo con las manos, dio un trago. Estaba ardiendo.

—¿Tiene hijos, señor Wise? —preguntó Mark.

—Sólo uno, mi muchacho Manny. Bueno, en realidad no es un muchacho, tiene... oh, ya debe de tener cuarenta años. Vive en Inglaterra. Viene a casa quizá una vez al año, quizá dos. Es un muchacho ocupado.

—¿Viene a casa en navidad, señor Wise?

—No.

–¿Por eso no tiene usted adornos ni árbol de navidad?

–Oh, no. Eso es porque soy judío.

–¿Qué tiene que ver con eso?

–Bueno, verás, es que nosotros no creemos en la navidad.

Mark se rio con ganas, convencido de que el anciano estaba bromeando.

–¡Vamos, hombre! ¿Cómo no van a creer en una cosa que existe de verdad?

El señor Wise sonrió, divertido por la inocencia sencilla del muchacho.

–Es un cuento largo, demasiado largo para que yo te lo cuente, así que vamos a dejarlo, Mark.

–Bien, señor Wise.

–¿Y tú, Mark? ¿Estás preparado para la navidad?

–Casi. Tengo unos soldados para Trevor, una muñeca para Cathy. Voy a comprar un paracaidista para Rory. Voy a comprar libros para colorear para Simon y Dermot, son gemelos y hay que darles lo mismo, y voy a regalar a Frankie una caja de juegos variados. Pero no sé qué comprar para mi mamá.

–¿Por qué no algún perfume?

–No, el año pasado le compré una loción para después de rasurar y no la usa nunca. No, quiero comprarle algo diferente. ¡Tengo que pensar!

–Sí, bueno, estoy seguro de que se te ocurrirá algo. ¿Cómo está?

–¡Muy bien! Me está dando mucha lata porque no encuentro trabajo pero está muy bien. Parece que voy a tener que volver a la escuela.

–¡Pareces desilusionado! La escuela te vendrá bien.

–A mí no, señor Wise, no se me da bien... soy un bruto. A algunos muchachos de mi clase se les daba bien, pero a mí no, ¡soy un desastre! No, ¡lo que quiero es trabajar!

–¿Y si aprendieras carpintería?

–¿Por qué lo dice?

–¿Te gustaría dedicarte a eso? ¿A construir estanterías y muebles?

–Sí, me gustaría, pero ¿es un oficio?

–Oh, sí, es uno de los mejores oficios.

–Mi carro lo construí yo mismo, ¿sabe? —dijo Mark, señalándolo por la ventana.

–Y es un buen carro —lo alabó el señor Wise.

–El mejor de El Jarro —dijo Mark con orgullo.

El señor Wise miró al muchacho. Su propio muchacho, Manny, era un tonto, mimado por su madre. Manny no venía nunca a casa desde que había muerto su madre. Se preguntaba si habría algo que hubiera podido detener a Mark si éste hubiera recibido la educación y las atenciones de las que había gozado Manny.

–Mark, voy a darte un trabajo —dijo.

Mark quitó la vista de la ventana.

–¿De verdad, señor Wise? ¿De verdad?

–Sí, Mark, te lo daré.

–¿De qué?

–De aprendiz de carpintero en mi fábrica.

Mark saltó de la silla y abrazó al anciano, a un hombre que llevaba cuarenta años sin recibir un abrazo sincero.

–¡Gracias, señor Wise, gracias!

–Espera, espera. Éste va a ser un trabajo de verdad... y tiene una dificultad.

Mark se puso serio.

–¿Cuál es la dificultad? —preguntó con tristeza.

–Si entras de aprendiz conmigo, también deberás ir a la escuela, dos medias jornadas a la semana.

–¡Ah, no!

–¡Espera! Es una escuela de carpintería. No es como la escuela que estás pensando. En esta escuela te enseñan a ser carpintero. ¿Qué me dices?

El muchacho volvió a sonreir.

–Le digo que soy su hombre, caramba, señor Wise.

–De acuerdo. Empiezas el lunes. Estáte aquí a las ocho en punto. Tu sueldo será de una libra y quince chelines por semana.

Mark cruzó la calle, flotando, hasta el almacén de turba. La emoción de haber encontrado trabajo hizo fácil el viaje de vuelta a casa, que habría sido difícil de otro modo. La nieve se fundía bajo sus pies, y le parecía que el carro estaba lleno de algodón en rama. ¡No veía el momento de contárselo a su mamá!

Agnes se enteró de lo del concierto por casualidad aquel sábado por la mañana. Había revuelto, como de costumbre, en el
mercadillo de Hill, y después había bajado por la calle Henry
para hacer algunas compras para la navidad. Compró los siete juegos de ropa interior y calcetines. Compró las pistolas y
las pistoleras para Simon, Dermot y Frankie; Rory había pedido en su carta a Santa Claus un juego de bordado, pero ella no
lo había decidido todavía. Las compras la habían dejado un poco cansada, así que decidió obsequiarse con un café y un bollo
en el Arnott. Sentada en su mesa con el café entre las manos,
rodeada de bolsas, Agnes no podía evitar escuchar lo que hablaban las dos mujeres de la mesa de al lado. Eran del lado sur
y hablaban con acento elegante.

–No sé por qué venimos de tiendas en este lado, Deir-
dre: ¡es tan difícil hacer que las tiendas de aquí sirvan a domi-
cilio!

–Ay, vamos, Philomena, es divertido. Todos los vendedores callejeros gritando, el ajetreo, la animación... ¡vamos!

–Supongo.

Hubo una pausa en la conversación, y Agnes dejó de escuchar y volvió a sus propios pensamientos. Buda le había pro-
metido que le conseguiría el triciclo para Trevor, así que aquello debía de estar arreglado. Mark era harina de otro costal. Su
regalo era un problema. Después del desastre de la tienda de
campaña, ella tenía que tener cuidado. Él la había hecho sufrir
a costa de aquello. Entonces lo oyó:

–Harry me ha comprado boletos para el concierto para
darme una sorpresa.

–¿Para qué concierto?

–En el Capitol. ¡Viene Tom Jones la semana de navidad!

Agnes se levantó de un salto, volcando su taza de café,
y recogió sus bolsas. Salió del Arnott a la calle Henry corriendo como un gamo. Recorrió deprisa la Galería de Correos y
llegó al Capitol a los cinco minutos de haber oído las palabras
de la mujer. Fue a la taquilla, sin aliento.

–Perdona, cielo, ¿en qué día cae el viernes de la semana
de navidad? —preguntó.

La muchacha de la taquilla miró un calendario que tenía arriba.

—Este... es, este... el veintidós.

—¡Bien! Dame una entrada para el concierto de Tom Jones el veintidós... de primera fila.

—Está todo vendido.

—Bueno, pues entonces para el veintiuno.

—He dicho que está todo vendido. ¡Todo vendido, para toda la semana, de lunes a sábado!

—¡No puede ser! Compruébalo... para cualquier noche... ¡sólo quiero una entrada!

—Mira, cielo, está *todo vendido*, ¿de acuerdo? Jesús, llevan a la venta dos semanas, hace días que está todo vendido.

—Pero ¡no lo entiendes! Yo soy su mejor admiradora de toda Irlanda.

—Tú y otras cincuenta mil, cielo. Está todo vendido; ¡vete ya, o llamo al acomodador!

Agnes salió a la calle O'Connell, tambaleándose. Se dirigió a su casa sumida en el estupor. La gente que se cruzaba con ella debía de tomarla por loca. Avanzaba tristemente, llevando sus bolsas a rastras. No le parecía posible que Tom Jones estuviera en Dublín, cantando para desconocidos, y no para *ella*, Agnes Browne, su admiradora número uno del mundo.

Cuando entró en el departamento, se limitó a dejar caer las bolsas y a hundirse en su sillón. Mark salió de la cocina brincando.

—¡Hola, mami! ¡Tengo una gran noticia que darte!

—Echa algo de turba a ese fuego —dijo Agnes, aturdida.

Mark fue a la cubeta de la turba y echó un par de pedazos en el fuego vivo. Mientras se sacudía el polvo de las manos, se acercó a su madre y se arrodilló ante ella.

—Bueno, ¿quieres que te la cuente? —le preguntó, emocionado.

—Sí, anda, cuéntamela —dijo ella con voz inexpresiva.

—¡He encontrado trabajo! —dijo Mark con alegría.

Agnes, sin apartar los ojos de las llamas vacilantes del hogar, dio unas palmaditas al muchacho en la cabeza y dijo con calma:

—Eso está bien, hijo, eso está bien.

—¿*Bien*? ¡Es estupendo, caray, mamá! Y es un trabajo de oficio... ¡Voy a ser carpintero!

Agnes salió de pronto de su trance.

—¿Carpintero? ¡Buen muchacho! ¿Cómo?

Mark contó su historia con entusiasmo. A Agnes le agradó mucho, sobre todo lo de que iba a ir a la escuela. Abrazó al muchacho y preparó un té para los dos. Después contó a Mark la desilusión que se había llevado con las entradas para Tom Jones. Él sintió lástima por ella pero se animó cuando le dijo:

—Pero, hijo, tu buena noticia me compensa de cualquier desilusión, desde luego que sí.

No era cierto. La vida había cortado de un tijeretazo uno más de los hilos que sujetaban el corazón de aquella mujer.

21

Agnes le gustó conocer por fin al célebre señor Wise. Era un hombre agradable, un hombre amable, y Agnes comprendió por qué Mark tenía tan buen concepto de él. Mark llevaba más de dos semanas trabajando en la fábrica del señor Wise. Le encantaba. En aquellas dos semanas había construido una estantería, y el señor Wise le había permitido quedársela como recuerdo de su primer trabajo como "hombre con oficio". Estaba colgada junto al fogón, y en ella estaba la caja del té. Agnes se había pasado a visitar al señor Wise para darle las gracias por su bondad con Mark y para pedirle consejo. Ya había decidido lo que iba a comprar a Mark para navidad, un juego de herramientas de carpintero, buenas. Ella no entendía nada de herramientas, y pensó que quien mejor le podía aconsejar en ese sentido era el señor Wise. Éste le dijo con mucho gusto cuáles eran las herramientas básicas que debía tener Mark, y mientras se tomaban una taza de té repasó las cosas que había que tener en cuenta al comprarlas. Le dijo que fuera a la tienda de Lenehan, en la calle Capel.

Ella fue allí a la mañana siguiente y se pasó una hora, por lo menos, eligiéndolas. El dependiente estuvo muy atento, dándole consejos e informándole de todas las ventajas e inconvenientes. Cuando estuvieron elegidas las herramientas, se las envolvió en un paquete. Ella había esperado llevárselas consigo, hasta que le dieron la nota. Sumaba quince libras y doce chelines. El dependiente le pidió "quince con diez", haciéndole un pequeño descuento.

–No llevo suficiente encima —dijo ella.

–No es ningún problema. Si me da un anticipo, puedo guardárselas —dijo con una sonrisa.

Agnes rebuscó en su bolsa. Sacó un billete de diez chelines.

–¿Bastará con diez chelines como anticipo?

–Desde luego, cielo.

El dependiente tomó el billete y le extendió un recibo; después escribió "Browne" en el paquete y fue a la trastienda a guardarlo.

Agnes salió de la tienda un poco preocupada. Quince libras era mucho dinero para encontrarlo de ahí a navidad: ocho días. Pero lo encontraría, lo encontraría de alguna manera. Miró el reloj del Herald, en la calle Abbey. Era hora de ir con Buda y recoger el triciclo de Trevor. Cuando entró en la calle O'Connell vio sobre la marquesina del teatro Capitol a cuatro hombres que montaban una cartelera gigante con el retrato de Tom Jones. La cartelera estaba cruzada por una franja blanca con letras rojas que decían: "Agotadas las localidades".

Bajó la cabeza y pasó de largo. Volvió a pensar en cuestiones de dinero. Tenía tres libras en una pantufla, en casa. La semana siguiente era la de navidad, pero nunca era una semana de mucho movimiento en su puesto, sólo se vendían papas y coles de Bruselas. Así que no podía contar con más de tres libras y diez chelines por esa parte. Mark estaba dándole una libra, eso hacía siete libras y diez chelines. La semana pasada había hecho el último pago de la cesta, así que ya había terminado de pagar toda la comida de la navidad. Buda le debía siete libras y diez chelines; el triciclo costaba dos libras, así que él tenía que darle cinco libras y diez chelines. En total, tenía trece libras. Le vendrían francamente bien otras diez libras para pasar la navidad, comprar las herramientas y empezar bien el año nuevo. Miró al cielo y dijo en voz alta, sonriendo: "Marion, ¿me puedes prestar un billete de diez libras?". El cielo era el lugar más oportuno donde buscarlas, pensó, pues le vendría bien un milagrito.

Cuando llegó de nuevo al departamento, llevaba consigo el triciclo. Era amarillo y rojo, y haría brillar de alegría los ojos de Trevor cuando éste lo encontrara esperándolo bajo el árbol al despertarse en la mañana de navidad. Lo difícil era conseguir que ni Trevor ni los demás niños lo encontraran hasta entonces. Agnes subió las escaleras de puntillas. Cuando llegó a su rellano abrió la puerta del depósito de agua del baño del departamento de abajo. Deslizó suavemente el triciclo junto al depósito. Mark guardaba sus costales de turba al otro lado. Levanto uno de los costales y cubrió con él el triciclo. Cerró la puerta en silencio y entró en su departamento.

Cuando entró había mucha agitación. Charlie Bennett, el carbonero, había traído el árbol de navidad, y los niños esperaban para decorarlo. Agnes los tranquilizó a todos y les prometió que lo harían todos juntos, pero después de merendar. Primero merendar, después el árbol, dictaminó. Agnes preparó la merienda, y cuando todos estuvieron sentados a la mesa de la cocina, Mark dio golpecitos en su taza con su tenedor, tal como había visto hacer a un padrino en una boda. Todos dejaron de hablar y lo miraron.

–¿Para qué haces eso? —preguntó Agnes.

–¡Voy a pronunciar un discurso, Mami! —respondió.

–Ah, ya veo. Cállense, escuchen a su hermano... el hombre de la casa.

Mark sacó pecho.

–¡Ejem! ¡Tengo una sorpresa para todos! —empezó a decir.

–¡Que se te están cayendo los pelos de la pirinola! —dijo Dermot, y todos los niños se rieron. Agnes dio a Dermot una cachetada en la oreja, pero también ella soltó una risita.

–No hagas caso, hijo, sigue, ¿tienes una sorpresa para todos? ¿Qué es?

–Hoy he pagado un depósito de cinco chelines para un televisor —anunció Mark con orgullo.

¡Las aclamaciones y los vivas se oyeron hasta Cork! Cathy tomó a Trevor de las manos y se puso a bailar en corro con él, cantando:

–¡Vamos a tener tee-le! ¡Vamos a tener tee-le!

Agnes hizo callar a todos.

–¿Que has hecho qué? —preguntó a Mark.

–He pagado un depósito para una tele —repitió Mark.

–¿Cuánto va a costar esta... tele?

–Quince chelines al mes. Tiene una ranura detrás, y se meten dos chelines para ver la tele cinco horas. El hombre viene todos los meses a vaciar el contador. Se queda quince chelines de lo que hay y te devuelve el resto.

Agnes reflexionó sobre esto. Los niños esperaron en silencio el resultado de sus reflexiones. Agnes apoyó la cabeza en las manos y miró la mesa mientras deliberaba. Después de un rato que a los niños les pareció una hora, levantó la cabeza despacio. Se oía el chirrido del carbón húmedo en el fuego.

—Está bien —dijo simplemente, y volvió a reinar la locura. Agnes se sirvió otra taza de té y volvió a sentarse a la mesa. Miró la cara de su hijo mayor. Le brillaba de alegría viendo bailar y cantar a Cathy y a Trevor. Agnes se inclinó hacia él y le apretó el brazo. Él se volvió hacia ella y la miró con aire interrogador.

—Eres un muchacho muy bueno —dijo ella con orgullo.

Él se avergonzó y bajó los ojos.

—Gracias, mamá —dijo.

El hombre de las teles instaló la tele aquella tarde, a las siete. Tardaron algún tiempo en ajustar la antena, pero cuando estuvo dispuesta toda la familia se sentó delante del aparato, absorta. Había un problema: si alguien se levantaba para ir al baño, el movimiento afectaba a la recepción. De manera que nadie se movía, y las pausas para los anuncios se convirtieron en pausas para mear.

Agnes pasó un fin de semana a rachas, entre el placer del televisor nuevo y la preocupación por si podría conseguir el dinero para comprar a Mark su juego de herramientas. Así que, cuando llegó del trabajo el lunes siguiente por la noche y Rory le entregó la carta que había llegado aquel día, ésta bien podía haber llevado impresa en el sobre la palabra "milagrito". Iba dirigida a la "Señora Browne". La abrió y leyó:

S. I. T. T. S.
Casa de la Libertad
Dublín Delegación número 4
Asunto: Subsidio de navidad

Estimada señora Browne:

Como viuda que es de un afiliado fallecido de esta Delegación, ha adquirido el derecho a un subsidio por fallecimiento. Se trata de un pago único de doce libras, entregado en la navidad del año del fallecimiento de nuestro afiliado. Dado que su marido trabajaba en el hotel Gresham, el pago lo hará efectivo allí el enlace sindical, Eamonn Doyle, el día 22 de diciembre por la mañana. Quiero aprovechar la ocasión para expresarle en nombre de esta Delegación el más sentido pésame por su pérdida y para desearle a usted y a los suyos una navidad en paz.

Michael Mullen,
Secretario de la Delegación

—¡Que Dios bendiga al sindicato y que Dios bendiga a Mickey Mullen! —exclamó Agnes. Y gracias, Marion —añadió, sonriendo y mirando al cielo.

22

Mark llamó a la puerta. Hacía frío, un frío helado. Llevaba calada al máximo la capucha del abrigo, y llevaba una bufanda que le daba varias vueltas al cuello, pero el frío le llegaba de todos modos. Volvió a llamar a la puerta. Oyó el movimiento tras la puerta, después un ruido metálico, y la puerta se abrió un poco. Los ojos del señor Wise miraron al exterior, y después la puerta se abrió del todo.

–¡Mark! Entra, muchacho, antes de que te hieles.

Mark pasó y el señor Wise cerró la puerta en silencio para conservar el calor. Entraron en el cuarto de estar, donde ardía el fuego.

–Quítate el abrigo, hijo.

–Ah, es igual, señor Wise, sólo vengo un momento.

–Con todo, quítatelo igual o no te abrigará cuando vuelvas a salir.

Mark se lo quitó.

–Así que, ¿para qué vienes a llamar a mi puerta durante las fiestas? —dijo el señor Wise, hundiéndose en su sillón. Mark se sentó también, pero en una dura silla de comedor.

–Señor Wise... usted conoce a montones de gente, de gente importante, ¿verdad?

–Sí. A algunas personas importantes, a otras que se creen importantes.

–Sí... bueno... es que quiero conseguir una entrada para mi mamá para el concierto de Tom Jones, y pensé que usted quizá conociera a alguien que pudiera conseguirme una.

–¿Quién es Tom Jones?

–¿No conoce a *Tom*? Usted debe de ser la única persona en Irlanda que no lo conoce. Es un cantante.

–¡Ah! Bueno, no se me dan bien los nombres. Ahora ¡deja que lo piense! ¿A quién puedo conocer?

El señor Wise cerró los ojos y se apoyó el pulgar y el dedo medio en la sien. Después de unos momentos, retiró la mano y se encogió de hombros.

–¡No! No se me ocurre nadie, Mark, lo siento —dijo, y parecía, en efecto, que lo sentía.

–No importa. Había pensado que a lo mejor conocía a alguien, nada más.

Mark empezó a ponerse el abrigo. El señor Wise se puso de pie y levantó un dedo.

–Pero tengo una idea.

–¿Cuál?

–¿Por qué no consigues su autógrafo para tu madre?

–¿Su *autrógafo*? ¿Qué es eso?

–Si vas al teatro, de día, por ejemplo, con una libreta, él te la firmará con su nombre. Yo diría que si le cuentas el caso, hasta puede que escriba también unas líneas para tu madre.

–¿Lo haría?

–Vale la pena intentarlo, ¿no?

Mark sonrió por fin.

–Sí que vale la pena. Muchas gracias, señor Wise.

Mark se abotonó el abrigo y el señor Wise lo acompañó a la puerta. Antes de salir, Mark se sacó algo del bolsillo. Entregó al señor Wise el paquete envuelto en papel de vivos colores.

–Mire, ya sé que no cree en ello, pero tenga, feliz navidad en todo caso.

El señor Wise cogió el paquete y dio la mano a Mark.

–Y que pases tú también una navidad muy feliz, hijo, gracias.

Mark salió y la puerta se cerró. El Capitol estaba a sólo un cuarto de hora a pie desde la casa del señor Wise. Mark caminó deprisa para mantenerse caliente. Se alegraba de haber regalado al señor Wise la loción para después de rasurar: ¡su madre no la había usado ni una sola vez! Compró en Eason una libreta pequeña y después recorrió a paso vivo los pocos pasos que había desde allí hasta la taquilla del Capitol. Allí estaba la misma muchacha que había atendido a Agnes diez días antes. Mark apenas asomaba la cabeza por encima del mostrador.

–¡Oiga, jovencita! —dijo en voz alta.

La muchacha, que estaba absorta en una revista, levantó la vista.

–¿Qué quieres?

–Diga al señor Jones que quiero verlo.

–¿Qué? ¡Vete al diablo!

–¿Por qué no?

–¡Porque no lo va a dejar todo para venir a ver a un mierdecilla como tú!

–Bueno, está bien, entonces, ¿por qué puerta es? Entraré yo a verlo.

–Anda y que te jodan, vamos, ¡desaparece!

–Tome, lo único que quiero es que me ponga su *autrógafo* aquí —dijo Mark, empujando hacia ella la libretita. La muchacha había vuelto con su revista y no le hizo caso. Mark insistió.

–¡Eh! Oiga, dígale que es para mi mamá, se llama Agnes. Dígale que le escriba unas líneas.

La muchacha se inclinó hacia delante y gritó:

–¡ARTHUR! ¡Arthur, ven aquí!

Se abrieron las puertas dobles de la zona del patio de butacas y salió un hombre gordo y enorme con uniforme de estilo militar.

–¿Qué pasa, Gillian? —preguntó con voz áspera.

–Este pinche niño... no se quiere ir, me está molestando.

Mark dirigió una sonrisa al acomodador.

–¡Hola, cómo está! Necesito que el señor Jones me firme aquí —dijo, volviendo a presentar la libreta. El acomodador, de un rápido movimiento, se apoderó de la libreta, la partió en dos y la tiró a una papelera del vestíbulo, y, siguiendo la vieja y consagrada tradición de los porteros dijo:

–¡Está bien, hijo! ¡Vete a joder a otra parte! ¡Vamos!

Mark se quedó mirando la papelera, pasmado. El acomodador se acercó a él y lo empujó hacia la puerta. Mark se encaró ante el hombre.

El fornido acomodador se quedó de pie con las piernas abiertas y puso los brazos en jarras. Vio la ira en el rostro de Mark y sonrió.

–¡No me jodas, hijo, y lárgate!

El pie derecho de Mark se movió más deprisa de lo que esperaba el acomodador. Estableció contacto, en el blanco, entre las piernas del hombretón: Mark sólo se vio el calcetín del tobillo cuando su pie desapareció en la ingle del hombre.

–¡Ayy... cabroncete! —gritó el hombre mientras la cara se le ponía de color rojo carmesí. Mark corrió hasta las puertas y allí se encontró con su primer problema. Como en muchos teatros, en el Capitol había seis puertas de entrada de cristal, y, como en muchos teatros, sólo se dejaba abierta una durante las horas de oficina. Mark no pudo recordar a tiempo por cuál había entrado. Eligió una, la primera de la izquierda. ¡Se equivocó! La siguiente... ¡cerrada! La puerta de acceso a la libertad era la siguiente, pero el acomodador llegó antes.

–Muy bien, señor bravucón, intenta hacerlo otra vez.

Mark se había encontrado con su segundo problema.

Cuando Mark llegó a su casa tenía el ojo izquierdo casi cerrado del todo, y su color empezaba a pasar del morado al negro. Lo del ojo era consecuencia del primer golpe del hombre. Mark había caído en el frío suelo enlosado. Los zapatos de cuero negro relucientes del acomodador habían causado los cardenales que cubrían ahora la espalda y el pecho de Mark. Mark había vuelto a su casa cojeando. Agnes soltó un grito cuando vio cómo estaba.

–¿Qué te ha pasado?—dijo, corriendo hacia él.

–Una pelea... no es nada.

–¿Te duele?

–No, estoy muy bien, mami —mintió.

Dermot saltó de la silla de delante de la tele.

–Jesús, qué hermosura. ¿Quién ganó?

–Fue un empate.

–¿Quién ha sido, Marko? ¿Ha sido Maguire el Mazo?

Dermot entendía de estas cosas.

–No, un tipo de la calle Pearse.

Agnes se volvió hacia él.

–Tú no te acerques por la calle Pearse, allí usan navajas de rasurar, ¿me has oído?

–Sí, mami, te he oído.

Mark fue a su dormitorio y se acostó. Dermot lo siguió y se sentó al borde de la cama. Miró a Mark y sonrió.

–Entonces, Marko, ¿qué ha pasado de verdad? ¿Quién te dio la paliza?

Mark se rio y se lo contó todo a Dermot.

23

Era el 22 de diciembre y Agnes tenía muchas tareas que enco-
mendar a los niños. Pero Mark y Dermot tenían que hacer antes un recado propio. Esperaron en el arco de Correos. El garda
estaba de pie junto a la entrada principal, donde siempre. Los
niños esperaron.

—Más vale que no nos salga el tiro por la culata, Dermo
—dijo Mark. Estaba preocupado.

—No saldrá, déjamelo a mí.

—Asegúrate de estar justo al lado del poli, ¿de acuerdo?

—Eso haré. Va a salir bien, ya lo verás.

Dermot tenía confianza. A la misma hora del día anterior, cuando lo habían seguido los dos niños, dobló la esquina
el acomodador grandulón del Capitol, que venía paseándose
como si la ciudad fuera suya, con un periódico debajo del brazo.

—Venga, ¡ya! —dijo Mark, empujando a Dermot. Dermot
corrió hasta el acomodador y le tiró del abrigo. El hombretón
se detuvo y miró al niño.

—¿Qué quieres? —preguntó el hombre con brusquedad.

—¿Es suyo esto, señor?

Dermot le enseñó una moneda de seis peniques. El hombre se inclinó para mirar lo que tenía en la mano el niño. Mientras tanto, Dermot le pegó con todas sus fuerzas con el puño
derecho. El gigante recibió el golpe en pleno ojo. Agarró instin-
tivamente a Dermot. Entonces le tocó intervenir a Mark. Corrió
hacia el garda, según lo planeado. Dermot empezó a gritar:

—¡No! ¡No! Mi mamá me ha dicho que no hable con hombres como usted. Suélteme... ¡No quiero!

—Pequeño desgraciado... ¡Te voy a partir el pinche cuello!
—rugió el gigante, llevándose una mano al ojo que ya se le hin-

chaba, mientras sujetaba con fuerza a Dermot con la otra. El agente intervino.

–¡Suelte a ese niño! —dijo el garda con autoridad. ¡Suéltelo ahora mismo!

El gigante apartó al agente de un empujón.

–Váyase, yo me ocuparé de este jodido pequeño.

El garda sacó la porra y la blandió con aire de amenaza.

–¡Déjalo ahora mismo, muchachote!

El acomodador soltó al niño. Dermot, en una actuación digna de un Oscar, se abrazó a la pierna del garda.

–¡Por favor, garda, por favor, no me haga hacerlo! ¡Por favor, que no se me acerque!

–Está bien, hijo, tranquilo, nadie va a hacerte daño. ¿Qué pasa aquí?

Dermot sorbió y se secó los ojos. Ya se había reunido una multitud alrededor del grupo, y la gente pegaba la oreja para oirlo todo. Dermot empezó a contar:

–¡Este hombre me ha dicho que me fuera con él por el callejón para hacer pipí! —dijo, y se echó a llorar como un recién nacido. La multitud se disgustó, empezaron los murmullos, y el agente temió encontrarse ante una escena comprometida.

–¡Es mentira! —protestó el acomodador.

–No, no lo es, yo lo oí decírselo —intervino entonces Mark.

El acomodador se volvió hacia la voz y vio a Mark.

–¿Tú? ¡Pequeño desgraciado! —dijo, arremetiendo contra Mark.

Sin dudarlo un momento, el garda dejó caer la porra con todas sus fuerzas entre los omoplatos del hombretón. Éste cayó como un saco de papas. Uno o dos de los presentes le metieron un poco el pie por aquí y por allá. El garda apoyó una rodilla en la espalda del hombre y le esposó las manos a la espalda. Entre la confusión, Mark y Dermot se escabulleron.

Los dos muchachos subieron la calle O'Connell dando saltos, regocijados por el éxito de su plan.

–¡Así aprenderá! —exclamaba Dermot, lleno de placer.

–¡Sí! ¡A los hijos de la señora Browne no se les jode! —añadió Mark, y los dos se rieron con ganas.

Su regocijo duraba cuando entraron en casa.

Agnes les sonrió.

—Están felices —comentó.

—Sí —dijo Mark, dejándose caer pesadamente en el sofá. Dermot fue directo al televisor, naturalmente.

—No piensen que se van a quedar sentados delante de eso —anunció Agnes. Tengo trabajo para ustedes. Apágalo.

Dermot apagó el televisor.

—Ahora, Mark, pon a Trevor el abrigo y vayan los tres al Gresham a recoger un recado que tiene para mí el señor Eamonn Doyle.

—¿Quién es? —preguntó Mark.

—Creo que es un enlace del sindicato. Ustedes pregunten por él, nada más.

Mark envolvió a Trevor como si fuera un saco de trapos y el trío salió camino del hotel Gresham. La gente iba por las calles con el ánimo alegre de las fiestas, gritándose "hola" y "feliz navidad" los unos a los otros. "La navidad es una época bonita", pensó Mark. Trevor oscilaba como un péndulo entre sus dos hermanos, y sonreía ampliamente mientras decía a todos los que querían escucharle "jódete".

El Gresham era un lugar maravilloso. Los muchachos subieron unos escalones de mármol inmaculados y entraron en la recepción. La enorme extensión de alfombra de color azul violáceo, la gigantesca araña de cristal de Waterford y los sillones profundos, tapizados de cuero con botones, eran cosas que los muchachos sólo habían visto en la pantalla del cine. La gente bullía por la recepción con abrigos de piel, trajes con chaleco y sombreros de fantasía. Mark se sintió sucio. Los tres se quedaron de pie un momento, incómodos, y después salió una mujer de detrás de un mostrador y se dirigió a ellos. Mark esperaba que les soltara una reprimenda pero en vez de ello fue amable.

—¡Hola, niños! ¿Les puedo ayudar en algo? —preguntó con una sonrisa.

—Buscamos al señor Eamonn Doyle —le dijo Mark.

—¿Ah, sí? Bueno, vamos a tardar un rato en encontrarlo. Tendrán que esperar.

Mark volvió a tomar a Trevor de la mano y le hizo dar la vuelta.

—Esperaremos fuera. Avísele, ¿quiere?

–No esperarán afuera, hace demasiado frío —insistió la mujer. Vengan aquí.

Los llevó a una mesa que tenía cuatro sillas alrededor. Llamó a un mesero y le dijo que llevara a los tres niños unos refrescos y galletas.

Mark tuvo un ataque de pánico.

–¡Escuche, señora... no tengo dinero!

La mujer sonrió.

–No importa, ¡es navidad! Invita la casa. Ustedes quédense aquí sentados y yo iré por el señor Doyle. ¿Cómo se llaman?

–Browne, todos somos Browne. Yo me llamo Mark.

–De acuerdo, Mark, tómate tu refresco a gusto y yo volveré en seguida —dijo, y se marchó.

El mesero llegó con las bebidas y un plato enorme de galletas surtidas: barquillos rosados, otras de chocolate con dulces de gelatina encima... de todas clases. Mark dio a Trevor una para cada mano.

Al cabo de pocos minutos llegó el señor Doyle.

–Hola, niños.

–¿Cómo está? —respondió Mark.

Doyle se sacó del bolsillo un sobre blanco como la nieve y se lo entregó a Mark.

–Toma, da eso a tu madre y no se queden mucho rato por aquí.

Su desprecio era evidente.

–¿Conoció usted a mi padre? —preguntó Dermot a Doyle.

–No. No conozco a demasiados mozos de cocina.

Estaba cortante con ellos e impaciente por marcharse.

–Bueno, pues él lo conocía a usted... —dijo Dermot.

–Qué bien —dijo el hombre, y empezó a alejarse.

–Decía que era un cabrón —añadió Dermot.

El hombre se volvió.

–¿Qué?

–Ha dicho que muchas gracias, señor —intervino Mark. El hombre se les quedó mirando un momento y después se marchó sin decir palabra.

–Bueno, vámonos —dijo Mark. Se levantó y tomó de la mano a Trevor. Trevor señalaba con la otra mano el ascensor.

—Marko... bus... bus.

—No es un autobús, Trev, es un ascensor, y no es para nosotros.

—¡Vamos a subirnos! —dijo Dermot.

—No. Sólo conseguiremos meternos en un lío.

—Ay, anda, Marko. Un viaje rápido, subir y bajar.

Mark miró a su alrededor. Puede que nadie se diera cuenta. Se dirigieron a las puertas del ascensor y esperaron a que se abrieran.

Al mismo tiempo, Doyle estaba en la conserjería, hablando al conserje de uniforme de los "golfillos" y diciéndole que los acompañara a la salida. El conserje se puso a buscar a los niños.

Mark fue el primero que lo vio venir.

—¡Ay, demonios! Mira, Dermo.

Dermot siguió la mirada de Mark y vio al hombre de uniforme que los buscaba.

—¡Hay que joderse, *otro* acomodador!

Dermo ya estaba asustado. Las puertas del ascensor se abrieron.

—¡Marko, deprisa, salta... deprisa! —exclamó Dermot, tirando del brazo de Mark.

El conserje los vio en aquel preciso instante.

—¡Eh, ustedes! —los llamó.

Mark saltó al ascensor y las puertas empezaron a cerrarse.

—¿Qué botón? ¿Qué botón? —gritó Dermot.

—Cualquier condenado botón —dijo Mark, y dio al más alto. Vieron desaparecer la nariz del conserje entre las puertas que se cerraban. Mientras subía el ascensor, oyeron que el hombre daba golpes a las puertas de abajo.

—Nos hemos metido en un lío grande, Dermo —dijo Mark, preocupado.

—Ya lo sé —respondió Dermot con voz apagada.

El ascensor se detuvo en el último piso, y los tres niños salieron a un pasillo silencioso.

—¿Por dónde? —susurró Dermot.

—No lo sé. Para cualquier parte que no sea para abajo,

supongo. Tú ve por ese lado y yo iré por éste, y veremos si hay unas escaleras.

Los niños se separaron, pero cada uno de los dos procuraba tener a la vista al otro constantemente. Dermot encontró las escaleras.

–¡Mark! —exclamó, señalando. ¡Las escaleras!

Mark agarró a Trevor y echó a correr hacia Dermot. Dermot salió al rellano y miró entre las barandillas. Se le cayó el alma a los pies cuando vio la gorra de plato que se balanceaba subiendo las escaleras. Estaba tres pisos abajo. Volvió precipitadamente al pasillo.

–¡Las tienen cubiertas! —exclamó, desesperado.

En ese instante se abrió una puerta en el pasillo. Se asomó un hombre moreno y les preguntó con voz suave, infantil:

–¿Están bien, niños?

Mark guardó silencio, pero Dermot tenía demasiado miedo como para guardar silencio.

–El acomodador nos persigue, señor... ¡nos va a matar! —respondió.

El hombre moreno salió al pasillo y agarró en brazos al pequeño Trevor.

–¡Entren aquí, deprisa!

Los muchachos desaparecieron por la puerta.

–Perdone, señor —dijo en voz alta una voz sin aliento desde lo alto de las escaleras.

El hombre entregó a Trevor a Mark y se llevó un dedo a la boca. Después, volvió a salir al pasillo.

–¿Sí?

El conserje jadeaba. Recobró el aliento respirando hondo.

–Lamento molestarle, señor. Estoy buscando a tres chiquillos, están sueltos por el hotel. ¿Los ha visto?

El hombre reflexionó un momento.

–No he visto a ninguno.

–Gracias, señor —dijo el conserje, y volvió a emprender su persecución.

El hombre cerró su puerta.

–¿Ya se fue? —preguntó una voz amortiguada que salía de debajo de la cama.

El hombre se arrodilló para hablar con Dermot. Sonrió.

—Sí, se ha ido. No hay moros en la costa.

Mark observó a aquel hombre, a aquel héroe. Era moreno y joven, alto pero no gordo, y tenía los ojos amables. Dermot salió gateando de debajo de la cama y se reunió en el rincón con sus dos hermanos. "Ojos amables", habló.

—¿Qué pasaba? ¿O prefieren no contármelo?

Los niños se miraron entre sí. Dermot habló primero.

—El acomodador iba a matarnos porque le pegamos a su compañero.

—No, no es así... —le interrumpió Mark, y empezó a contar su historia. Era fácil hablar a Ojos Amables. Los muchachos se tranquilizaron y se sentaron en la cama. Trevor se acurrucó y durmió un rato, chupándose el pulgar. A lo largo de la conversación, Ojos Amables se levantaba y ofrecía a los muchachos algo de beber, o una galleta, o un dulce, que ellos recibían con agradecimiento. Quería saberlo todo, y ellos se lo contaron: le hablaron de la muerte de Redser, de Marion, del señor Wise, del acomodador... todo. Pero sobre todo de su mamá.

Se les pasó una hora sin darse cuenta. Mark dio un respingo cuando se enteró de la hora que era.

—¡Vamos, ustedes dos, mami nos está esperando!

Los muchachos se prepararon y salieron al pasillo.

Ojos Amables les habló en voz baja.

—¿Ven esa puerta al final?

Los muchachos asintieron.

—Bueno, pues da a la escalera de incendios. Bajen por esas escaleras, y nadie los verá salir.

—¡Gracias, señor!

Los muchachos se pusieron en camino. Ojos Amables volvió a su cuarto y recogió del suelo un sobre. La dirección decía: "Señora Agnes Browne, Callejón James Larkin, 92". Se puso en marcha rápidamente siguiendo a los muchachos. Los llamó desde lo alto de la escalera de incendios:

—¡Mark! ¡Trevor!

Los muchachos estaban cuatro pisos más abajo. Se quedaron inmóviles.

—¿Qué? —respondió Mark.

—Se les cayó esto —dijo Ojos Amables, agitando el sobre.

Mark entregó a Trevor a Dermot y subió las escaleras con paso ligero. Tomó el sobre y dijo:

—Gracias, señor.

Ojos Amables sonrió y le guiñó un ojo.

—Señor... —dijo Mark.

—¿Sí, Mark?

—¿Cómo se llama usted?

—¿Que cómo me llamo? Thomas, Thomas Woodward.

—Feliz navidad, Thomas Woodward.

—Lo mismo te deseo, Mark Browne.

Mark se reunió con los otros dos y los tres salieron disimuladamente a las calles seguras y transitadas de Dublín.

24

Fue un día de nochebuena tranquilo. Como caía en domingo,
aquello quería decir que sólo abrieron algunas tiendas, e incluso algunas sólo lo hicieron medio día. Agnes salió temprano
camino de la calle Capel para recoger las herramientas de Mark.
Llevaba en la bolsa las quince libras y siete libras de sobra. Se
paseó calle O'Connell abajo, contemplando el ambiente de
fiesta. Al pie de la calle Henry se detuvo a charlar con algunos
vendedores callejeros, que habían salido a intentar vender el
papel de envolver de navidad que les quedaba. Después fue a
la tabaquería de la calle Talbot, donde compró un cartón de cigarrillos y un periódico. Había adoptado últimamente la costumbre de comprar un periódico cada día para ver lo que ponían
en la tele. Volvió a la calle O'Connell y caminó hacia la calle
Middle Abbey. Así pasó por delante del teatro Capitol. Cuando pasó vio al acomodador que estaba de pie en la entrada. Tenía un ojo morado y el brazo derecho en cabestrillo. "Pobre
hombre", pensó. Entonces oyó una voz que gritaba: "¡Entradas
para el concierto! ¡Últimas entradas para el concierto!". Era un
revendedor de entradas. A Agnes se le animó el corazón. Se dirigió a él.

–¿Son entradas para Tom Jones, cielo? —le preguntó.

–No, terminó anoche —respondió el hombre.

Agnes no dijo más que "ah" y siguió su camino. Así que
había llegado y se había ido. ¡Qué se le iba a hacer! Llegó a la
tienda de Lenehan y pagó el resto de su cuenta. Cuando volvía
a su casa estaba entusiasmada con todas las sorpresas que tenía para los niños.

A las seis de la tarde ya había limpiado y rellenado el
pavo. El jamón hervía en la olla, y el bizcocho envinado con ge-

latina se enfriaba en la despensa. Toda la familia se bañó por turnos con dos tinas de agua. En vez de llamar a los niños a la cocina, Agnes los dejó que merendaran en el suelo, junto al fuego. Las luces navideñas parpadeaban en el árbol, y la risa de los niños por el programa de televisión que estaban viendo le levantaba el ánimo. Agnes empezó a tararear para sus adentros en la cocina: "Santa Claus llega a la ciudad... Deben estar preparados...". Alguien llamó a la puerta principal.

–¡Ya voy yo! —gritó Mark.

Agnes se preguntó quién llamaría a la hora de la merienda el día de nochebuena. Salió a verlo, limpiándose las manos en el paño de cocina por el camino. Mark abrió la puerta, y durante un momento Agnes no se dio cuenta de quién era.

–¡Thomas Woodward! —exclamó Mark.

Agnes se quedó boquiabierta. Dejó caer el paño de cocina.

–¡Tom Jones! —exclamó.

–Hola, señora Browne —dijo él, con delicadeza.

–¡Tom Jones! —repitió Agnes.

Mark miró a uno y a otra y negó con la cabeza.

–¡No, mami! Éste es Thomas Woodward... Es un amigo nuestro.

Agnes estaba a punto de caer redonda, y Tom pasó corriendo por delante de Mark para recogerla en sus brazos. De pronto, Mark lo comprendió todo. Corrió al televisor y lo apagó. Encendió rápidamente la radiogramola y puso la aguja en el disco que estaba puesto, al azar. Era de Tom Jones, por supuesto.

Agnes se recuperó un poco y se recogió el pelo hacia atrás. La música sonaba suavemente. Tom le sonrió.

–¿Qué le parece si bailamos? —le preguntó con suavidad.

Ella sonrió con coquetería.

–¡Ay, sí! —dijo.

Él la tomó en sus brazos y empezaron a bailar, flotando por la habitación.

Los niños los contemplaban extasiados: Dermot con la boca abierta; Simon rascándose la cabeza lleno de asombro pero sabiendo que estaba pasando algo bueno; Cathy con las rodillas recogidas bajo la barbilla y soltando risitas ella sola; Rory con una lágrima en los ojos; y Frankie poniéndose de pie lentamente mientras iba reconociendo poco a poco de quién se trataba.

Agnes miraba a sus hijos mientras daba vueltas. El fuego les brillaba en las caras y las luces navideñas centelleaban en sus ojos. Se sintió mareada y un poco desfallecida, sólo por un momento. Cerró los ojos y oyó a lo lejos que Marion soltaba una risa sonora, y ella también se rio alegremente.

Mark subió al regazo a Trevor despacio y con delicadeza. Trevor se rio y señaló a la pareja que bailaba.

–¿To'? —gorjeó.

–Sí, Trev, ése es... Tom —le susurró Mark.

Trevor sonrió y volvió a señalar.

–¿Mamá?

Mark sonrió ampliamente y susurró:

–Sí, Trev, ésa es... ¡ésa es nuestra mamá!

Algunas veces este mundo turbulento, trágico, triste y agitado se pone al revés y se detiene del todo sólo para que pueda cumplirse el sueño de alguien... ¡Sigue soñando, Agnes Browne! Por el bien de todos, ¡sigue soñando!

La mamá,
escrito por Brendan O'Carroll,
nos hace reir y llorar con las
aventuras de una matrona irlandesa
de buen ver cuya sabiduría no incluye
el control de la natalidad.
La edición de esta obra fue compuesta
en fuente palatino y formada en 12:14.
Fue impresa en este mes de febrero de 2001
en los talleres de Litográfica Ingramex, S.A. de C.V.,
que se localizan en la calle de Centeno 162,
colonia Granjas Esmeralda, en la ciudad de México, D.F.
La encuadernación de los ejemplares se hizo
en los talleres de Dinámica de Acabado Editorial, S.A. de C,V.,
que se localizan en la calle de Centeno 4-B,
colonia Granjas Esmeralda, en la ciudad de México, D.F.